AF269661

www.loqueleo.com/us

El almohadón de plumas y otros cuentos

© Del texto: Horacio Quiroga
© De esta edición:
    2016, Distribuidora y Editora Richmond S.A.
    Carrera 11 A # 98-50, oficina 501
    Teléfono (571) 7057777
    Bogotá – Colombia
    www.loqueleo.com/co

• Ediciones Santillana S.A.
Av. Leandro N. Alem 720 (1001), Buenos Aires
• Editorial Santillana, S.A. de C.V.
Avenida Río Mixcoac 272, Colonia Acacias,
Delegación Benito Juárez, CP 03240,
Distrito Federal, México.
• Santillana Infantil y Juvenil, S.L.
Avenida de Los Artesanos, 6. CP 28760, Tres Cantos, Madrid

Esta edición: Publicada bajo acuerdo con
Grupo Santillana en 2020 por
Vista Higher Learning, Inc.
500 Boylston Street, Suite 620.
Boston, MA 02116-3736
www.vistahigherlearning.com

ISBN: 978-958-59289-5-4

Primera edición en Colombia: octubre de 2010
Primera edición en Loqueleo Colombia: enero de 2016
Séptima reimpresión en Loqueleo Colombia: febrero de 2019

Dirección de Arte: José Crespo y Rosa Marín
Proyecto gráfico: Marisol Del Burgo, Rubén Chumillas y Julia Ortega

El almohadón de plumas
y otros cuentos

Horacio Quiroga

Prólogo y estudio de obra de Pablo Ramos

loqueleo

Prólogo
Por Pablo Ramos

Dice el escritor Abelardo Castillo que los cuentos de Horacio Quiroga pueden hablar de cualquier cosa: un perro, una locomotora, un bote, la selva, Montevideo, Buenos Aires; pero que su personaje real es siempre la muerte. No lo expresa textualmente así, pero eso es lo que dice. Y creo que tiene razón.

Se me presentan, entonces, algunas cuestiones importantes frente a la tentativa de escribir unas palabras preliminares a un libro que, en rigor, no necesitaría ninguna presentación.

¿Cómo hablar del autor de estos cuentos sin que recaigan mis palabras en una zona de espanto y oscuridad? ¿Por qué un escritor elige un tema y lo desarrolla durante toda su obra obsesivamente? Y ya que la violencia y la muerte, en el cine, en la televisión, en la realidad, son por momentos algo más habitual de lo que incluso desearíamos, ¿puede ser la muerte un personaje literario interesante? ¿No vimos demasiadas películas sobre animales, selva, puñaladas? ¿Puede ser la literatura más poderosa que el cine? Y, en todo caso, ¿qué interés puede tener el lector joven de internarse en el universo de estos cuentos que a primera vista deberían ser algo antiguo, viejo, o pasado de moda?

Con respecto a la primera cuestión lo mejor va a ser la brevedad. Decir que Horacio Quiroga fue un hombre cuya vida estuvo signada por la muerte y la desgracia desde sus comienzos. Nació en Salto, Uruguay, en 1878. Tenía tres meses de vida cuando, al bajar de un bote rumbo a una chacra que la familia había comprado en San Antonio Chico, a su padre se le dispara accidentalmente la escopeta y se mata delante de él y de su madre, Pastora. Más tarde, ella volvería a casarse pero su padrastro se suicidaría antes de que él cumpliera los cinco años, y una cadena de muertes y suicidios lo perseguiría, dejando en el camino la vida de amigos, de su esposa y, finalmente, la suya, en Buenos Aires, en 1937.

Una de esas muertes, la de Federico Ferrando, lo marcaría para siempre: el propio Quiroga, limpiando un arma, disparó en forma accidental y lo mató en el acto.

Entonces: ¿cómo no iba a ser también la muerte (y su tragedia) la protagonista principal de los relatos de Quiroga?

Con respecto a las demás preguntas, a lo que puede encontrar el lector en estos cuentos, esto es algo un poco más profundo, algo por momentos ilimitado.

Quiroga es el cuentista por excelencia, como pudo haberlo sido Poe. De hecho hay grandes similitudes: desde el aspecto formal y perfeccionista del cuento, su concepción y su desarrollo, hasta su trabajo como teórico y ensayista. Muy pocos escritores en la historia de la literatura mundial dejaron, además de su obra, un trabajo tan generoso como "Los trucos del perfecto cuentista" donde Quiroga le brinda al escritor moderno los principales conceptos desarrollados para afinar y pulir su arte hasta la perfección.

Es que los cuentos pueden ser perfectos y, en este libro, el lector va a encontrarlos; verdaderas obras de arte que le harán sentir el horror y la crueldad de la vida y la naturaleza frente a la fragilidad del hombre. Le harán sentir lo fatal de un error en un mundo (la selva, el bosque, el río, etcétera) que no admite que se cometan errores. Una mordida de serpiente, un tropezón con el machete en mala posición, todo puede costarnos la vida, porque nosotros también estamos inmersos en la historia, porque esa selva es fácilmente trasladable a una ciudad, a un pueblo, a la montaña. Vivir significa *riesgo de morir*, y morir no es solamente el terror de una puñalada, el dolor físico de un hachazo, como nos muestra hoy en día el cine de terror. O, al menos, no es sólo eso. Morir es perder todo lo que uno tiene, y todo lo que uno puede llegar a tener. Morir es desaparecer para siempre y, en un lugar donde la selva se lo devora todo, uno podría decir que morir es desaparecer, también, desde siempre.

Gran parte del valor de un texto literario se puede encontrar en el origen del mismo, y el origen de una obra de calidad está mucho más atrás en el tiempo que la propia escritura. En las cavernas oscuras del alma, en los recuerdos que atormentan, en los sueños que angustian la existencia, en la noches de fiebre y de culpa, en el más profundo dolor frente al desparpajo que produce la crueldad y la ferocidad de la vida que le pasa por encima al hombre, que lo aplasta, que no le da casi ninguna posibilidad; ahí está el origen de los cuentos que presentamos hoy acá.

Y en ellos está también presente esa búsqueda: la de la voluntad del hombre por sobreponerse a la muerte, la del amor. El deseo de lo absoluto, de lo perdurable, encontrarás, lector, en estos cuentos. En sus palabras y en lo no dicho, en el maravilloso estilo con que está dicho y no dicho. Siempre y cuando seas el lector que merezca este libro. Porque este no es un libro para chicos, es un libro para gigantes, para exploradores y aventureros de la selva más salvaje: el alma milenaria del ser humano.

Nota

Para la presente edición hemos organizado los textos en 11 forma cronológica, según su primera publicación en diarios o revistas, tales como *Caras y Caretas*, *Fray Mocho*, *Atlántida*, *Babel*, *El Hogar*, *La Nación*, aunque luego hayan aparecido en libros.

Hemos consultado las siguientes ediciones: *Los perseguidos y otros cuentos*, Biblioteca Rodó, Tomo VII, Montevideo, 1941; *El crimen del otro*, Claudio García editor, Montevideo, 1942; *Diario de viaje a París*, Número, Montevideo, 1950; *Cuentos de amor de locura y de muerte*, Losada, Buenos Aires, 1954; *Los desterrados*, Losada, Buenos Aires, 1956; *Cartas inéditas*, Instituto Nacional de Investigaciones y Archivos Literarios, Montevideo, 1959; *Más allá*, CEAL, Buenos Aires, 1980; *Cuentos*, Biblioteca Ayacucho, Caracas, 1981; *Para noche de insomnio*, Libros del Quirquincho, Buenos Aires, 1991.

Para noche de insomnio

*Ningún hombre, lo repito, ha narrado con más magia
las excepciones de la vida humana y de la naturaleza, los ardores
de la curiosidad de la convalecencia, los fines de estación cargados
de esplendores enervantes, los tiempos cálidos, húmedos y brumosos,
en que el viento del sud debilita y distiende los nervios como las
cuerdas de un instrumento, en que los ojos se llenan de lágrimas
que no vienen del corazón; la alucinación, dejando al principio bien
pronto conocida y razonadora como un libro; el absurdo instalándose
en la inteligencia y gobernándola con una espantable lógica;
la histeria usurpando el sitio de la voluntad, la contradicción
establecida entre los nervios y el espíritu, y el hombre desacordado
hasta el punto de expresar el dolor por la risa.*
Baudelaire *(Vida y obras de Edgar Allan Poe)*

A todos nos había sorprendido la fatal noticia; y quedamos aterrados cuando un criado nos trajo —volando— detalles de su muerte. Aunque hacía mucho tiempo que notábamos en nuestro amigo señales de desequilibrio, no pensamos que nunca pudiera llegar a ese extremo. Había llevado a cabo el suicidio más espantoso sin dejarnos un recuerdo para sus amigos. Y, cuando lo tuvimos en nuestra presencia, volvimos el rostro, presos de una compasión horrorizada.

Aquella tarde húmeda y nublada hacía que nuestra impresión fuera más fuerte. El cielo estaba lívido, y una neblina fosca cruzaba el horizonte.

Condujimos el cadáver en un carruaje, apelotonados por un horror creciente. La noche venía encima; y por la portezuela mal cerrada caía un río de sangre que marcaba en rojo nuestra marcha.

Iba tendido sobre nuestras piernas, y las últimas luces de aquel día amarillento daban de pleno en su rostro violado con manchas lívidas. Su cabeza se sacudía de un lado para otro. A cada golpe en el adoquinado, sus párpados se abrían y nos miraba con sus ojos vidriosos, duros y empañados.

Nuestras ropas estaban empapadas en sangre; y por las manos de los que le sostenían el cuello, se deslizaba una baba viscosa y fría que a cada sacudida brotaba de sus labios.

No sé debido a qué causa, pero creo que nunca en mi vida he sentido igual impresión. Al solo contacto de sus miembros rígidos, sentía un escalofrío en todo el cuerpo. Extrañas ideas de superstición llenaban mi cabeza. Mis ojos adquirían una fijeza hipnótica mirándolo y, en el horror de toda mi imaginación, me parecía verle abrir la boca en una mueca espantosa, clavarme la mirada y abalanzarse sobre mí, llenándome de sangre fría y coagulada.

Mis cabellos se erizaban, y no pude menos de dar un grito de angustia, convulsivo y delirante, y echarme para atrás.

En aquel momento el muerto se escapaba de nuestras rodillas y caía al fondo del carruaje cuando era completamente de noche, en la oscuridad, nos apretamos las manos, temblando de arriba abajo, sin atrevernos a mirarnos.

Todas las viejas ideas de niño, creencias absurdas, se encarnaron en nosotros. Levantamos las piernas a los asientos, inconscientemente, llenos de horror, mientras en el fondo del carruaje el muerto se sacudía de un lado a otro.

Poco a poco nuestras piernas comenzaron a enfriarse. Era un hielo que subía desde el fondo, que avanzaba por el cuerpo, como si la muerte fuese contagiándose en nosotros. No nos atrevíamos a movernos. De cuando en cuando nos inclinábamos hacia el fondo, y nos quedábamos mirando por largo rato en la oscuridad, con los ojos espantosamente abiertos, creyendo ver al muerto que se enderezaba con una mueca de delirio, riendo, mirándonos, poniendo la muerte en cada uno, riéndose, acercaba su cara a las nuestras, en la noche veíamos brillar sus ojos, y se reía, y quedábamos helados, muertos, muertos, en aquel carruaje que nos conducía por las calles mojadas...

Nos encontramos de nuevo en la sala, todos reunidos, sentados en hilera. Habían colocado el cajón en medio de la sala y no habían cambiado la ropa del muerto por estar ya muy rígidos sus miembros. Tenía la cabeza ligeramente inclinada con la boca y nariz tapadas con algodón.

Al verlo de nuevo, un temblor nos sacudió todo el cuerpo y nos miramos a hurtadillas. La sala estaba llena de gente que cruzaba a cada momento, y esto nos distraía algo. De cuando en cuando, solamente, observábamos al muerto, hinchado y verdoso, que estaba tendido en el cajón.

Al cabo de media hora, sentí que me tocaban y me di vuelta. Mis amigos estaban lívidos. Desde el lugar en que nos encontrábamos, el muerto nos miraba. Sus ojos parecían agrandados, opacos, terriblemente fijos. La fatalidad nos llevaba bajo sus miradas, sin darnos cuenta, como unidos a la muerte, al muerto que no quería dejarnos. ¡Los cuatro nos quedamos amarillos, inmóviles ante la cara que a tres pasos estaba dirigida a nosotros, siempre a nosotros!

Dieron las cuatro de la mañana y quedamos completamente solos. Instantáneamente el miedo volvió a apoderarse de nosotros.

Primero un estupor tembloroso, luego una desesperación desolada y profunda, y por fin una cobardía inconcebible a nuestras edades, un presentimiento preciso de algo espantoso que iba a pasar.

Afuera, la calle estaba llena de brumas, y el ladrido de los perros se prolongaba en un aullido lúgubre. Los que han velado a una persona y de repente se han dado cuenta de que están solos con el cadáver, excitados, como estábamos nosotros, y han oído de pronto llorar a un perro, han oído gritar a una lechuza en la madrugada de una noche de muerte, solos con él, comprenderán la impresión nuestra, ya sugestionados por el miedo, y con terribles dudas a veces sobre la horrible muerte del amigo.

Quedamos solos, como he dicho; y, al poco rato, un ruido sordo, como de un barboteo apresurado recorrió la sala. Salía del cajón donde estaba el muerto, allí, a tres pasos, lo veíamos bien, levantando el busto con los algodones esponjados, horriblemente lívido, mirándonos fijamente y se enderezaba poco a poco, apoyándose en los bordes de la caja, mientras se erizaban nuestros cabellos, nuestras frentes se cubrían de sudor, mientras que el barboteo era cada vez más ruidoso, y sonó una risa extraña, extrahumana, como vomitada, estomacal y epiléptica, y nos levantamos desesperados, y echamos a correr, despavoridos, locos de terror, perseguidos de cerca por las risas y los pasos de aquella espantosa resurrección.

Cuando llegué a casa, abrí el cuarto, y descorrí las sábanas, siempre huyendo, vi al muerto, tendido en la cama, amarilleando por la luz de la madrugada, muerto con mis tres amigos que estaban helados, todos tendidos en la cama, helados y muertos...

(1899)

El triple robo de Bellamore

Días pasados los tribunales condenaron a Juan Carlos Bellamore a la pena de cinco años de prisión por robos cometidos en diversos bancos. Tengo alguna relación con Bellamore: es un muchacho delgado y grave, cuidadosamente vestido de negro. Lo creo tan incapaz de esas hazañas como de otra cualquiera que pida nervios finos. Sabía que era empleado eterno de bancos; varias veces se lo oí decir, y aun agregaba melancólicamente que su porvenir estaba cortado; jamás sería otra cosa. Sé además que, si un empleado ha sido puntual y discreto, él es ciertamente Bellamore. Sin ser amigo suyo, lo estimaba, sintiendo su desgracia. Ayer de tarde comenté el caso en un grupo.

—Sí —me dijeron—; lo han condenado a cinco años. Yo lo conocía un poco; era bien callado. ¿Cómo no se me ocurrió que debía ser él? La denuncia fue a tiempo.

—¿Qué cosa? —interrogué sorprendido.

—La denuncia; fue denunciado.

—En los últimos tiempos —agregó otro— había adelgazado mucho —y concluyó sentenciosamente—: lo que es yo no confío más en nadie.

Cambié rápidamente de conversación. Pregunté si se conocía al denunciante.

—Ayer se supo. Es Zaninski.

Tenía grandes deseos de oír la historia de boca de Zaninski; primero, la anormalidad de la denuncia, falta en absoluto de interés personal; segundo, los medios de que se valió para el descubrimiento. ¿Cómo había sabido que era Bellamore?

Este Zaninski es ruso, aunque fuera de su patria desde pequeño. Habla despacio y perfectamente el español, tan bien que hace un poco de daño esa perfección, con su ligero acento del norte. Tiene ojos azules y cariñosos que suele fijar con una sonrisa dulce y mortificante. Cuentan que es raro. Lástima que en estos tiempos de sencilla estupidez no sepamos ya qué creer cuando nos dicen que un hombre es raro.

Esa noche lo hallé en una mesa de café, en reunión. Me senté un poco alejado, dispuesto a oír prudentemente de lejos.

Conversaban sin ánimo. Yo esperaba mi historia, que debía llegar forzosamente. En efecto, alguien examinando el mal estado de un papel con que se pagó algo, hizo recriminaciones bancarias, y Bellamore, crucificado, surgió en la memoria de todos. Zaninski estaba allí, preciso era que contara. Al fin se decidió; yo acerqué un poco más la silla.

—Cuando se cometió el robo en el Banco Francés —comenzó Zaninski— yo volvía de Montevideo. Como a todos, me interesó la audacia del procedimiento: un subterráneo de tal longitud ha sido siempre cosa arriesgada. Todas las averiguaciones resultaron infructuosas. Bellamore, como empleado de la caja, fue especialmente interrogado; pero nada resultó contra él ni contra nadie. Pasó el tiempo y todo se olvidó. Pero en abril del año pasado oí recordar incidentalmente el robo efectuado en 1900 en el Banco de Londres de Montevideo. Sonaron algunos nombres de empleados comprometidos, y entre ellos Bellamore. El nombre me chocó; pregunté y supe que era Juan Carlos Bellamore. En esa época no sospechaba absolutamente de él; pero esa primera coincidencia me abrió rumbo, y averigüé lo siguiente:

En 1898 se cometió un robo en el Banco Alemán de San Pablo, en circunstancias tales que sólo un empleado familiar a la caja podía haberlo efectuado. Bellamore formaba parte del personal de la caja.

Desde ese momento no dudé un instante de la culpabilidad de Bellamore.

Examiné escrupulosamente lo sabido referente al triple robo, y fijé toda mi atención en estos tres datos:

1.º La tarde anterior al robo de San Pablo coincidiendo con una fuerte entrada en caja, Bellamore tuvo un disgusto con el cajero, hecho altamente de notar, dada la amistad que los unía y, sobre todo, la placidez de carácter de Bellamore.

2.º También en la tarde anterior al robo de Montevideo, Bellamore había dicho que sólo robando podía hacerse hoy fortuna, y agregó riendo que su víctima ocurrente era el banco de que formaba parte.

3.º La noche anterior al robo en el Banco Francés de Buenos Aires, Bellamore, contra toda su costumbre, pasó la noche en diferentes cafés, muy alegre.

Ahora bien, estos tres datos eran para mí tres pruebas al revés, desarrolladas en la siguiente forma:

En el primer caso, sólo una persona que hubiera pasado la noche con el cajero podía haberle quitado la llave. Bellamore estaba disgustado con el cajero "casualmente" esa tarde.

En el segundo caso, ¿qué persona preparada para un robo cuenta el día anterior lo que va a hacer? Sería sencillamente estúpido.

En el tercer caso, Bellamore hizo todo lo posible por ser visto, exhibiéndose, en suma, como para que se recordara bien que él, Bellamore, pudo menos que nadie haber maniobrado en subterráneos esa accidentada noche.

Estos tres rasgos eran para mí absolutos —tal vez arriesgados de sutileza en un ladrón de bajo fondo, pero perfectamente lógicos en el fino Bellamore—. Fuera de esto hay algunos detalles privados, de más peso normal que los anteriores.

Así, pues, la triple fatal coincidencia, los tres rasgos sutiles de muchacho culto que va a robar, y las circunstancias consabidas, me dieron la completa convicción de que Juan Carlos Bellamore, argentino, de veintiocho años de edad, era el autor del triple robo efectuado en el Banco Alemán de San Pablo, el de Londres y Río de la Plata de Montevideo y el Francés de Buenos Aires. Al otro día mandé la denuncia.

Zaninski concluyó. Después de cuantiosos comentarios se disolvió el grupo; Zaninski y yo seguimos juntos por la misma calle. No hablábamos. Al despedirme le dije de repente, desahogándome:

—¿Pero usted cree que Bellamore haya sido condenado por las pruebas de su denuncia?

Zaninski me miró fijamente con sus ojos cariñosos.

—No sé; es posible.

—¡Pero esas no son pruebas! ¡Eso es una locura! —agregué con calor—. ¡Eso no basta para condenar a un hombre!

No me contestó, silbando al aire. Al rato murmuró:

—Debe ser así... cinco años es bastante... —se le escapó de pronto—: A usted se le puede decir todo: estoy completamente convencido de la inocencia de Bellamore.

Me di vuelta de golpe hacia él, mirándonos en los ojos.

—Era demasiada coincidencia —concluyó con el gesto cansado.

(1904)

El almohadón de plumas

Su luna de miel fue un largo escalofrío. Rubia, angelical y tímida, el carácter duro de su marido heló sus soñadas niñerías de novia. Ella lo quería mucho, sin embargo, a veces con un ligero estremecimiento cuando, volviendo de noche juntos por la calle, echaba una furtiva mirada a la alta estatura de Jordán, mudo desde hacía una hora. Él, por su parte, la amaba profundamente, sin darlo a conocer. Durante tres meses —se habían casado en abril— vivieron una dicha especial.

Sin duda hubiera ella deseado menos severidad en ese rígido cielo de amor, más expansiva e incauta ternura; pero el impasible semblante de su marido la contenía siempre.

La casa en que vivían influía no poco en sus estremecimientos. La blancura del patio silencioso —frisos, columnas y estatuas de mármol— producía una otoñal impresión de palacio encantado. Dentro, el brillo glacial del estuco, sin el más leve rasguño en las altas paredes, afirmaba aquella sensación de desapacible frío. Al cruzar de una pieza a otra, los pasos hallaban eco en toda la casa, como si un largo abandono hubiera sensibilizado su resonancia.

En ese extraño nido de amor, Alicia pasó todo el otoño. No obstante había concluido por echar un velo sobre sus antiguos sueños, y aún vivía dormida en la casa hostil, sin querer pensar en nada hasta que llegaba su marido.

No es raro que adelgazara. Tuvo un ligero ataque de influenza que se arrastró insidiosamente días y días; Alicia no se reponía nunca. Al fin una tarde pudo salir al jardín apoyada en el brazo de su marido. Miraba indiferente a uno y otro lado. De pronto Jordán, con honda ternura, le pasó muy lento la mano por la cabeza, y Alicia rompió enseguida en sollozos, echándole los brazos al cuello. Lloró largamente todo su espanto callado, redoblando el llanto a la menor tentativa de caricia. Luego los sollozos fueron retardándose, y aun quedó largo rato escondida en su cuello, sin moverse ni pronunciar una palabra.

Fue ese el último día en que Alicia estuvo levantada. Al día siguiente amaneció desvanecida. El médico de Jordán la examinó con suma atención, ordenándole cama y descanso absolutos.

—No sé —le dijo a Jordán en la puerta de calle con la voz todavía baja—. Tiene una gran debilidad que no me explico. Y sin vómitos, nada... Si mañana se despierta como hoy, llámeme enseguida.

Al otro día Alicia seguía peor. Hubo consulta. Constatose una anemia de marcha agudísima, completamente inexplicable. Alicia no tuvo más desmayos, pero se iba visiblemente a la muerte. Todo el día el dormitorio estaba con las luces prendidas y en pleno silencio. Pasábanse horas sin que se oyera el menor ruido. Alicia dormitaba. Jordán vivía en la sala, también con toda la luz encendida. Paseábase sin cesar de un extremo a otro, con incansable obstinación. La alfombra ahogaba sus pasos. A ratos entraba en el dormitorio y proseguía su mudo vaivén a lo largo de la cama, deteniéndose un instante en cada extremo a mirar a su mujer.

Pronto Alicia comenzó a tener alucinaciones, confusas y flotantes al principio, y que descendieron luego a ras del suelo. La joven, con los ojos desmesuradamente abiertos, no hacía sino mirar la alfombra a uno y otro lado del respaldo de la cama. Una noche quedó de repente mirando fijamente. Al rato abrió la boca para gritar, y sus narices y labios se perlaron de sudor.

—¡Jordán! ¡Jordán! —clamó, rígida de espanto, sin dejar de mirar la alfombra.

Jordán corrió al dormitorio, y al verlo aparecer Alicia lanzó un alarido de horror.

—¡Soy yo, Alicia, soy yo!

Alicia lo miró con extravío, miró la alfombra, volvió a mirarlo, y después de largo rato de estupefacta confrontación, se serenó. Sonrió y tomó entre las suyas la mano de su marido, acariciándola por media hora, temblando.

Entre sus alucinaciones más porfiadas, hubo un antropoide apoyado en la alfombra sobre los dedos, que tenía fijos en ella sus ojos. Los médicos volvieron inútilmente.

Había allí delante de ellos una vida que se acababa, desangrándose día a día, hora a hora, sin saber absolutamente cómo. En la última consulta Alicia yacía en estupor, mientras ellos pulsaban, pasándose de uno a otro la muñeca inerte. La observaron largo rato en silencio, y siguieron al comedor.

—Pst... —se encogió de hombros desalentado su médico—. Es un caso serio... Poco hay que hacer.

—¡Sólo eso me faltaba! —resopló Jordán. Y tamborileó bruscamente sobre la mesa.

Alicia fue extinguiéndose en subdelirio de anemia, agravado de tarde, pero remitía siempre en las primeras horas.

Durante el día no avanzaba su enfermedad, pero cada mañana amanecía lívida, en síncope casi.

Parecía que únicamente de noche se le fuera la vida en nuevas oleadas de sangre. Tenía siempre al despertar la sensación de estar desplomada en la cama con un millón de kilos encima.

Desde el tercer día este hundimiento no la abandonó más. Apenas podía mover la cabeza. No quiso que le tocaran la cama, ni aun que le arreglaran el almohadón. Sus terrores crepusculares avanzaban ahora en forma de monstruos que se arrastraban hasta la cama, y trepaban dificultosamente por la colcha.

Perdió luego el conocimiento. Los dos días finales deliró sin cesar a media voz. Las luces continuaban fúnebremente encendidas en el dormitorio y la sala. En el silencio agónico de la casa, no se oía más que el delirio monótono que salía de la cama, y el sordo retumbo de los eternos pasos de Jordán.

Alicia murió, por fin. La sirvienta, cuando entró después a deshacer la cama, sola ya, miró un rato extrañada el almohadón.

—¡Señor! —llamó a Jordán en voz baja—. En el almohadón hay manchas que parecen de sangre.

Jordán se acercó rápidamente y se dobló sobre aquel. Efectivamente, sobre la funda, a ambos lados del hueco que había dejado la cabeza de Alicia, se veían manchitas oscuras.

—Parecen picaduras —murmuró la sirvienta después de un rato de inmóvil observación.

—Levántelo a la luz —le dijo Jordán.

La sirvienta lo levantó pero enseguida lo dejó caer y se quedó mirando a aquel, lívida y temblando. Sin saber por qué, Jordán sintió que los cabellos se le erizaban.

—¿Qué hay? —murmuró con voz ronca.

—Pesa mucho —articuló la sirvienta, sin dejar de temblar.

Jordán lo levantó; pesaba extraordinariamente. Salieron con él, y sobre la mesa del comedor Jordán cortó funda y envoltura de un tajo. Las plumas superiores volaron, y la sirvienta dio un grito de horror con toda la boca abierta, llevándose las manos crispadas a los bandós. Sobre el fondo, entre las plumas, moviendo lentamente las patas velludas, había un animal monstruoso, una bola viviente y viscosa. Estaba tan hinchado que apenas se le pronunciaba la boca.

Noche a noche, desde que Alicia había caído en cama, había aplicado sigilosamente su boca —su trompa, mejor dicho— a las sienes de aquella, chupándole la sangre. La picadura era casi imperceptible. La remoción diaria del almohadón sin duda había impedido al principio su desarrollo; pero desde que la joven no pudo moverse, la succión fue vertiginosa. En cinco días, en cinco noches, había vaciado a Alicia.

Estos parásitos de las aves, diminutos en el medio habitual, llegan a adquirir en ciertas condiciones proporciones enormes. La sangre humana parece serles particularmente favorable, y no es raro hallarlos en los almohadones de plumas.

(1907)

La insolación

El cachorro *Old* salió por la puerta y atravesó el patio con 31
paso recto y perezoso. Se detuvo en la linde del pasto, estiró al monte, entrecerrando los ojos, la nariz vibrátil, y
se sentó tranquilo. Veía la monótona llanura del Chaco,
con sus alternativas de campo y monte, monte y campo,
sin más color que el crema del pasto y el negro del monte.
Este cerraba el horizonte a doscientos metros, por tres
lados de la chacra. Hacia el oeste el campo se ensanchaba
y extendía en abra, pero que la ineludible línea sombría
enmarcaba a lo lejos.

A esa hora temprana, el confín, ofuscante de luz a
mediodía, adquiría reposada nitidez. No había una nube
ni un soplo de viento. Bajo la calma del cielo plateado, el
campo emanaba tónica frescura, que traía al alma pensativa, ante la certeza de otro día de seca, melancolías de
mejor compensado trabajo.

Milk, el padre del cachorro, cruzó a su vez el patio y se
sentó al lado de aquel, con perezoso quejido de bienestar.
Ambos permanecían inmóviles, pues aún no había moscas. *Old*, que miraba hacía rato la vera del monte, observó:

—La mañana es fresca.

Milk siguió la mirada del cachorro y quedó con la vista fija, parpadeando distraído. Después de un rato, dijo:

—En aquel árbol hay dos halcones.

Volvieron la vista indiferente a un buey que pasaba, y continuaron mirando por costumbre las cosas.

Entretanto el oriente comenzaba a empurpurarse en abanico y el horizonte había perdido ya su matinal precisión. *Milk* cruzó las patas delanteras, y sintió leve dolor. Miró sus dedos sin moverse, decidiéndose por fin a olfatearlos. El día anterior se había sacado un pique, y en recuerdo de lo que había sufrido lamió extensamente el dedo enfermo.

—No podía caminar —exclamó en conclusión.

Old no comprendió a qué se refería. *Milk* agregó:

—Hay muchos piques.

Esta vez el cachorro comprendió. Y repuso por su cuenta, después de largo rato:

—Hay muchos piques.

Uno y otro callaron de nuevo, convencidos.

El sol salió y en el primer baño de luz las pavas del monte lanzaron al aire puro el tumultuoso trompeteo de su charanga. Los perros, dorados al sol oblicuo, entornaron los ojos, dulcificando su molicie en beato pestañeo. Poco a poco la pareja aumentó con la llegada de los otros compañeros: *Dick*, el taciturno preferido; *Prince*, cuyo labio superior, partido por un coatí, dejaba ver los dientes; e *Isondú*, de nombre indígena. Los cinco *fox-terriers*, tendidos y muertos de bienestar, durmieron.

Al cabo de una hora irguieron la cabeza; por el lado opuesto del bizarro rancho de dos pisos —el inferior de barro y el alto de madera, con corredores y baranda de *chalet*— habían sentido los pasos de su dueño, que bajaba la escalera. Míster Jones, la toalla al hombro, se detuvo un momento en la esquina del rancho y miró el sol, alto ya. Tenía aún la mirada muerta y el labio pendiente, tras su solitaria velada de *whisky*, más prolongada que las habituales.

Mientras se lavaba, los perros se acercaron y le olfatearon las botas, meneando con pereza el rabo. Como las fieras amaestradas, los perros reconocen el menor indicio de una borrachera de su amo. Se alejaron con lentitud a echarse de nuevo al sol. Pero el calor creciente les hizo presto abandonar aquel por la sombra de los corredores.

El día avanzaba igual a los precedentes de todo ese mes: seco, límpido, con catorce horas de sol calcinante, que parecía mantener el ciclo en fusión y que en un instante requebrajaba la tierra mojada en costras blanquecinas. Míster Jones fue a la chacra, miró el trabajo del día anterior y retornó al rancho. En toda esa mañana no hizo nada. Almorzó y subió a dormir la siesta.

Los peones volvieron a las dos a la carpición, no obstante la hora de fuego, pues los yuyos no dejaban el algodonal. Tras ellos fueron los perros, muy amigos del cultivo desde que el invierno pasado hubieron aprendido a disputar a los halcones los gusanos blancos que levantaba el arado. Cada perro se echó bajo un algodonero, acompañando con su jadeo los golpes sordos de la azada.

Entre tanto el calor crecía. En el paisaje silencioso y encegueciente de sol el aire vibraba a todos lados, dañando la vista. La tierra removida exhalaba vaho de horno, que los peones soportaban sobre la cabeza, envuelta hasta las orejas en el flotante pañuelo, con el mutismo de sus trabajos de chacra. Los perros cambiaban a cada rato de planta en procura de más fresca sombra.

Tendíanse a lo largo, pero la fatiga los obligaba a sentarse sobre las patas traseras para respirar mejor.

Reverberaba ahora delante de ellos un pequeño páramo de greda que ni siquiera se había intentado arar. Allí, el cachorro vio de pronto a míster Jones que lo miraba fijamente, sentado sobre un tronco. *Old* se puso de pie meneando el rabo. Los otros levantáronse también, pero erizados.

—¡Es el patrón! —exclamó el cachorro, sorprendido de la actitud de aquéllos.

—No, no es él —replicó *Dick*.

Los cuatro perros estaban juntos gruñendo sordamente, sin apartar los ojos de míster Jones, que continuaba inmóvil, mirándolos. El cachorro, incrédulo, fue a avanzar, pero *Prince* le mostró los dientes:

—No es él, es la Muerte.

El cachorro se erizó de miedo y retrocedió al grupo.

—¿Es el patrón muerto? —preguntó ansiosamente.

Los otros, sin responderle, rompieron a ladrar con furia, siempre en actitud temerosa. Pero míster Jones se desvanecía ya en el aire ondulante. Al oír los ladridos, los peones habían levantado la vista, sin distinguir nada. Giraron la cabeza para ver si había entrado algún caballo a la chacra, y se doblaron de nuevo.

Los *fox-terriers* volvieron al paso al rancho. El cachorro, erizado aún, se adelantaba y retrocedía con cortos trotes nerviosos, y supo de la experiencia de sus compañeros que, cuando una cosa va a morir, aparece antes.

—¿Y cómo saben que ese que vimos no era el patrón vivo? —preguntó.

—Porque no era él —le respondieron, displicentes.

¡Luego la Muerte, y con ella el cambio de dueño, las miserias, las patadas, estaba sobre ellos! Pasaron el resto de la tarde al lado de su patrón, sombríos y alerta. Al menor ruido gruñían, sin saber hacia dónde. Míster Jones sentíase satisfecho de su guardiana inquietud.

Por fin el sol se hundió tras el negro palmar del arroyo, y en la calma de la noche plateada los perros se estacionaron alrededor del rancho, en cuyo piso alto míster Jones recomenzaba su velada de *whisky*. A medianoche oyeron sus pasos, luego la doble caída de las botas en el piso de tablas, y la luz se apagó. Los perros, entonces, sintieron más próximo el cambio de dueño, y solos, al pie de la casa dormida, comenzaron a llorar. Lloraban en coro, volcando sus sollozos convulsivos y secos como masticados, en un aullido de desolación, que la voz cazadora de *Prince* sostenía mientras los otros tomaban el sollozo de nuevo. El cachorro sólo podía ladrar. La noche avanzaba; y los cuatro perros de edad, agrupados a la luz de la luna, el hocico extendido e hinchado de lamentos —bien alimentados y acariciados por el dueño que iban a perder— continuaban llorando su doméstica miseria.

A la mañana siguiente míster Jones fue él mismo a buscar las mulas y las unció a la carpidora, trabajando hasta las nueve. No estaba satisfecho, sin embargo. Fuera de que la tierra no había sido nunca bien rastreada, las cuchillas no tenían filo, y con el paso rápido de las mulas la carpidora saltaba. Volvió con esta y afiló sus rejas; pero un tornillo en que ya al comprar la máquina había notado una falla se rompió al armarla. Mandó un peón al obraje próximo, recomendándole cuidara del caballo, un buen animal, pero asoleado. Alzó la cabeza al sol fundente de mediodía e insistió en que no galopara ni un momento. Almorzó enseguida y subió. Los perros, que en la mañana no habían dejado un segundo a su patrón, se quedaron en los corredores.

La siesta pesaba, agobiada de luz y silencio. Todo el contorno estaba brumoso por las quemazones. Alrededor del rancho la tierra blancuzca del patio, deslumbrada por el sol a plomo, parecía deformarse en trémulo hervor, que adormecía los ojos parpadeantes de los *fox-terriers*.

—No ha aparecido más —dijo *Milk*.

Old, al oír *aparecido*, levantó vivamente las orejas.

Incitado por la evocación, el cachorro se puso de pie y ladró buscando a qué. Al rato calló, entregándose con sus compañeros a su defensiva cacería de moscas.

—No vino más —agregó *Isondú*.

—Había una lagartija bajo el raigón —recordó por primera vez *Prince*.

Una gallina, el pico abierto y las alas apartadas del cuerpo, cruzó el patio incandescente con su pesado trote de calor. *Prince* la siguió perezosamente con la vista y saltó de golpe.

—¡Viene otra vez! —gritó.

Por el norte del patio avanzaba sólo el caballo en el que había ido el peón.

Los perros se arquearon sobre las patas, ladrando con prudente furia a la *Muerte* que se acercaba. El animal caminaba con la cabeza baja, aparentemente indeciso sobre el rumbo que debía seguir. Al pasar frente al rancho dio unos cuantos pasos en dirección al pozo y se desvaneció progresivamente en la cruda luz.

Míster Jones bajó; no tenía sueño. Disponíase a proseguir el montaje de la carpidora, cuando vio llegar inesperadamente al peón a caballo. A pesar de su orden, tenía que haber galopado para volver a esa hora.

Apenas libre y concluida su misión, el pobre caballo, en cuyos ijares era imposible contar los latidos, tembló agachando la cabeza y cayó de costado. Míster Jones mandó al peón a la chacra, con el rebenque aún en la mano, para no echarlo si continuaba oyendo sus jesuíticas disculpas.

Pero los perros estaban contentos. La *Muerte*, que buscaba a su patrón, se había conformado en el caballo. Sentíanse alegres, libres de preocupación, y en consecuencia disponíanse a ir a la chacra tras el peón, cuando oyeron a míster Jones que le gritaba, lejos ya, pidiéndole el tornillo. No había tornillo: el almacén estaba cerrado, el encargado dormía, etcétera. Míster Jones, sin replicar, descolgó su casco y salió él mismo en busca del utensilio. Resistía el sol como un peón, y el paseo era maravilloso contra su mal humor.

Los perros salieron con él, pero se detuvieron a la sombra del primer algarrobo; hacía demasiado calor. Desde allí, firmes en las patas, el ceño contraído y atento, lo veían alejarse. Al fin el temor a la soledad pudo más, y con agobiado trote siguieron tras él.

Míster Jones obtuvo su tornillo y volvió. Para acortar distancia, desde luego, evitando la polvorienta curva del camino, marchó en línea recta a su chacra. Llegó al riacho y se internó en el pajonal, el diluviano pajonal del Saladito, que ha crecido, secado y retoñado desde que hay paja en el mundo, sin conocer fuego. Las matas, arqueadas en bóveda a la altura del pecho, se entrelazaban en bloques macizos. La tarea de cruzarlo, seria ya en día fresco, era muy dura a esa hora. Míster Jones lo atravesó, sin embargo, braceando entre la paja restallante y polvorienta por el barro que dejaban las crecientes, ahogado de fatiga y acres vahos de nitratos.

Salió por fin y se detuvo en la linde; pero era imposible permanecer quieto bajo ese sol y ese cansancio. Marchó de nuevo. Al calor quemante que crecía sin cesar desde tres días atrás agregábase ahora el sofocamiento del tiempo descompuesto. El cielo estaba blanco y no se sentía un soplo de viento. El aire faltaba, con la angustia cardíaca que no permitía concluir la respiración.

Míster Jones se convenció de que había traspasado su límite de resistencia. Desde hacía rato le golpeaba en los oídos el latido de las carótidas. Sentíase en el aire, como si dentro de la cabeza le empujaran el cráneo hacia arriba. Se mareaba mirando el pasto. Apresuró la marcha para acabar con eso de una vez... y de pronto volvió en sí y se halló en distinto paraje; había caminado media cuadra sin darse cuenta de nada. Miró atrás y la cabeza se le fue en un nuevo vértigo.

Entretanto, los perros seguían tras él, trotando con toda la lengua afuera. A veces, asfixiados, deteníanse en la sombra de un espartillo; se sentaban precipitando su jadeo, pero volvían al tormento del sol. Al fin, como la casa estaba ya próxima, apuraron el trote. Fue en ese momento cuando *Old*, que iba adelante, vio tras el alambrado de la chacra a míster Jones, vestido de blanco, que caminaba hacia ellos. El cachorro, con súbito recuerdo, volvió la cabeza a su patrón y confrontó.

—¡La *Muerte*, la *Muerte*! —aulló.

Los otros lo habían visto también, y ladraban erizados. Vieron que míster Jones atravesaba el alambrado, y por un instante creyeron que se iba a equivocar; pero al llegar a cien metros se detuvo, miró el grupo con sus ojos celestes, y marchó adelante.

—¡Que no camine ligero el patrón! —exclamó *Prince*.

—¡Va a tropezar con él! —aullaron todos.

En efecto, el otro, tras breve hesitación, había avanzado, pero no directamente sobre ellos, como antes, sino en línea oblicua y en apariencia errónea, pero que debía llevarlo justo al encuentro de míster Jones. Los perros comprendieron que esta vez todo concluía, porque su patrón continuaba caminando a igual paso como un autómata, sin darse cuenta de nada. El otro llegaba ya. Los perros hundieron el rabo y corrieron de costado, aullando. Pasó un segundo y el encuentro se produjo. Míster Jones giró sobre sí mismo y se desplomó.

Los peones, que lo vieron caer, lo llevaron a prisa al rancho, pero fue inútil toda el agua; murió sin volver en sí. Míster Moore, su hermano materno, fue allá desde Buenos Aires, estuvo una hora en la chacra y en cuatro días liquidó todo, volviéndose enseguida al sur. Los indios se repartieron los perros, que vivieron en adelante flacos y sarnosos e iban todas las noches, con hambriento sigilo, a robar espigas de maíz en las chacras ajenas.

(1908)

La gallina degollada

Todo el día, sentados en el patio, en un banco estaban los cuatro hijos idiotas del matrimonio Mazzini-Ferraz. Tenían la lengua entre los labios, los ojos estúpidos, y volvían la cabeza con toda la boca abierta. El patio era de tierra, cerrado al oeste por un cerco de ladrillos. El banco quedaba paralelo a él, a cinco metros, y allí se mantenían inmóviles, fijos los ojos en los ladrillos. Como el sol se ocultaba tras el cerco al declinar, los idiotas tenían fiesta. La luz enceguecedora llamaba su atención al principio; poco a poco sus ojos se animaban; se reían al fin estrepitosamente, congestionados por la misma hilaridad ansiosa, mirando el sol con alegría bestial, como si fuera comida.

Otras veces, alineados en el banco, zumbaban horas enteras imitando al tranvía eléctrico. Los ruidos fuertes sacudían asimismo su inercia, y corrían entonces alrededor del patio, mordiéndose la lengua y mugiendo.

Pero casi siempre estaban apagados en un sombrío letargo de idiotismo, y pasaban todo el día sentados en su banco, con las piernas colgantes y quietas, empapando de glutinosa saliva el pantalón.

El mayor tenía doce años y el menor ocho. En todo su aspecto sucio y desvalido se notaba la falta absoluta de cuidado maternal.

Esos cuatro idiotas, sin embargo, habían sido un día el encanto de sus padres. A los tres meses de casados, Mazzini y Berta orientaron su estrecho amor de marido y mujer y mujer y marido hacia un porvenir mucho más vital: un hijo. ¿Qué mayor dicha para dos enamorados que esa honrada consagración de un cariño, libertado ya del vil egoísmo de un mutuo amor sin fin ninguno y, lo que es peor para el amor mismo, sin esperanzas posibles de renovación?

Así lo sintieron Mazzini y Berta, y cuando el hijo llegó, a los catorce meses de matrimonio, creyeron cumplida su felicidad. La criatura creció bella y radiante hasta que tuvo año y medio. Pero en el vigésimo mes sacudiéronlo una noche convulsiones terribles y a la mañana siguiente no conocía más a sus padres. El médico lo examinó con atención profesional que estaba visiblemente buscando la causa del mal en las enfermedades de los padres.

Después de algunos días los miembros paralizados de la criatura recobraron el movimiento; pero la inteligencia, el alma, aun el instinto, se habían ido del todo. Había quedado profundamente idiota, baboso, colgante, muerto para siempre sobre las rodillas de su madre.

—¡Hijo, mi hijo querido! —sollozaba esta sobre aquella espantosa ruina de su primogénito.

El padre, desolado, acompañó al médico afuera.

—A usted se le puede decir: creo que es un caso perdido. Podrá mejorar, educarse en todo lo que le permita su idiotismo, pero no más allá.

—¡Sí!... ¡Sí!... —asentía Mazzini—. Pero dígame: ¿Usted cree que es herencia, que...?

—En cuanto a la herencia paterna, ya le dije lo que creía cuando vi a su hijo. Respecto a la madre, hay allí un pulmón que no sopla bien. No veo nada más, pero hay un soplo un poco rudo. Hágala examinar detenidamente.

Con el alma destrozada de remordimiento, Mazzini redobló el amor a su hijo, el pequeño idiota que pagaba los excesos del abuelo. Tuvo asimismo que consolar, sostener sin tregua a Berta, herida en lo más profundo por aquel fracaso de su joven maternidad.

Como es natural, el matrimonio puso todo su amor en la esperanza de otro hijo. Nació este, y su salud y limpidez de risa reencendieron el porvenir extinguido. Pero a los dieciocho meses las convulsiones del primogénito se repetían, y al día siguiente el segundo hijo amanecía idiota.

Esta vez los padres cayeron en honda desesperación. ¡Luego su sangre, su amor estaban malditos! Veintiocho años él, veintidós ella y toda su apasionada ternura no alcanzaba a crear átomo de vida normal. Ya no pedían más belleza o inteligencia, como en el primogénito; ¡pero un hijo, un hijo como todos!

Del nuevo desastre brotaron nuevas llamaradas de dolorido amor, un loco anhelo de redimir de una vez para siempre la santidad de su ternura.

Sobrevinieron mellizos, y punto por punto repitiose el proceso de los dos mayores.

Mas por encima de su inmensa amargura quedaba a Mazzini y Berta gran compasión por sus cuatro hijos.

Hubo que arrancar del limbo de la más honda animalidad no ya sus almas, sino el instinto mismo, abolido. No sabían deglutir, cambiar de sitio, ni aun sentarse. Aprendieron al fin a caminar, pero chocaban contra todo, por no darse cuenta de los obstáculos. Cuando los lavaban mugían hasta inyectarse de sangre el rostro. Animábanse sólo al comer y cuando veían colores brillantes u oían truenos. Se reían entonces, echando afuera lengua y ríos de baba, radiantes de frenesí bestial.

Tenían, en cambio, cierta facultad imitativa; pero no se pudo obtener nada más.

Con los mellizos pareció haber concluido la aterradora descendencia. Pero pasados tres años, Mazzini y Berta desearon de nuevo ardientemente otro hijo, confiando en que el largo tiempo transcurrido hubiera aplacado la fatalidad.

No satisfacían sus esperanzas. Y en ese ardiente anhelo que se exasperaba en razón de su infructuosidad, se agriaron. Hasta ese momento cada cual había tomado sobre sí la parte que le correspondía en la miseria de sus hijos; pero la desesperanza de redención ante las cuatro bestias que habían nacido de ellos echó afuera esa imperiosa necesidad de culpar a los otros, que es patrimonio específico de los corazones inferiores.

Iniciáronse con el cambio de pronombres: tus hijos. Y como a más del insulto había insidia, la atmósfera se cargaba.

—Me parece —díjole una noche Mazzini, que acababa de entrar y se lavaba las manos— que podrías tener más limpios a los muchachos.

Berta continuó leyendo como si no hubiera oído.

—Es la primera vez —repuso al rato— que te veo inquietarte por el estado de tus hijos.

Mazzini volvió un poco la cara a ella con una sonrisa forzada.

—De nuestros hijos, me parece...

—Bueno, de nuestros hijos. ¿Te gusta así? —alzó ella los ojos.

Esta vez Mazzini se expresó claramente.

—Creo que no vas a decir que yo tengo la culpa, ¿no?

—¡Ah, no! —se sonrió Berta, muy pálida—: pero yo tampoco, supongo... ¡No faltaba más!... —murmuró.

—¿Que no faltaba más?

—¡Que si alguien tiene la culpa no soy yo, entiéndelo bien! Eso es lo que te quería decir.

Su marido la miró un momento, con brutal deseo de insultarla.

—¡Dejemos! —articuló al fin, secándose las manos.

—Como quieras; pero si quieres decir...

—¡Berta!

—¡Como quieras!

Este fue el primer choque, y le sucedieron otros. Pero en las inevitables reconciliaciones sus almas se unían con doble arrebato y ansia por otro hijo.

Nació así una niña. Vivieron dos años con la angustia a flor de alma, esperando siempre otro desastre. Nada acaeció, sin embargo, y los padres pusieron en su hija toda su complacencia, que la pequeña llevaba a los extremos límites del mimo y la mala crianza.

Si aun en los últimos tiempos Berta cuidaba siempre de sus hijos, al nacer Bertita olvidose casi del todo de los otros. Su solo recuerdo la horrorizaba como algo atroz que la hubieran obligado a cometer. A Mazzini, bien que en menor grado, pasábale lo mismo.

No por eso la paz había llegado a sus almas. La menor indisposición de su hija echaba ahora afuera, con el terror de perderla, los rencores por su descendencia podrida. Habían acumulado hiel sobrado tiempo para que la víscera no quedara distendida, y al menor contacto el veneno se vertía afuera. Desde el primer disgusto emponzoñado habíanse perdido el respeto; y si hay algo a que el hombre se siente arrastrado con cruel fruición es, cuando ya se comenzó, a humillar del todo a una persona. Antes se contenían por la mutua falta de éxito; ahora que este había llegado, cada cual, atribuyéndolo a sí mismo, sentía mayor la infamia de los cuatro engendros que el otro habíale forzado a crear.

Con estos sentimientos, no hubo ya para los cuatro hijos mayor afecto posible. La sirvienta los vestía, les daba de comer, los acostaba, con visible brutalidad. No los lavaban casi nunca. Pasaban casi todo el día sentados frente al cerco, abandonados de toda remota caricia. De ese modo Bertita cumplió cuatro años, y esa noche, resultado de las golosinas que sus padres eran incapaces de negarle, la criatura tuvo algún escalofrío y fiebre. Y el temor a verla morir o quedar idiota tornó a reabrir la eterna llaga.

Hacía tres horas que no hablaban y, como casi siempre, los fuertes pasos de Mazzini fueron el motivo ocasional.

—¡Mi Dios! ¿No puedes caminar más despacio? ¿Cuántas veces…?

—Bueno, es que me olvido; ¡se acabó! No lo hago a propósito.

Ella se sonrió, desdeñosa:

—¡No, no te creo tanto!

—Ni yo jamás te hubiera creído tanto a ti… ¡tisiquilla!

—¡Qué! ¿Qué dijiste?

—¡Nada!

—¡Sí, te oí algo! Mira; ¡no sé lo que dijiste; pero te juro que prefiero cualquier cosa a tener un padre como el que has tenido tú!

Mazzini se puso pálido.

—¡Al fin! —murmuró con los dientes apretados—. ¡Al fin, víbora, has dicho lo que querías!

—¡Sí, víbora, sí! ¡Pero yo he tenido padres sanos! ¿Oyes? ¡Sanos! ¡Mi padre no ha muerto de delirio! ¡Yo hubiera tenido hijos como los de todo el mundo! ¡Esos son hijos tuyos, los cuatro tuyos!

Mazzini explotó a su vez.

—¡Víbora tísica! ¡Eso es lo que te dije, lo que te quiero decir! ¡Pregúntale, pregúntale al médico quién tiene la mayor culpa de la meningitis de tus hijos; mi padre o tu pulmón picado, víbora!

Continuaron cada vez con mayor violencia, hasta que un gemido de Bertita selló instantáneamente sus bocas. A la una de la mañana la ligera indigestión había desaparecido y, como pasa fatalmente con todos los matrimonios jóvenes que se han amado intensamente una vez siquiera, la reconciliación llegó, tanto más efusiva cuanto infames fueran los agravios.

Amaneció un espléndido día, y mientras Berta se levantaba escupió sangre. Las emociones y mala noche pasada tenían, sin duda, gran culpa. Mazzini la retuvo abrazada largo rato y ella lloró desesperadamente, pero sin que ninguno se atreviera a decir una palabra.

A las diez decidieron salir, después de almorzar. Como apenas tenían tiempo, ordenaron a la sirvienta que matara una gallina.

El día, radiante, había arrancado a los idiotas de su banco. De modo que mientras la sirvienta degollaba en la cocina al animal, desangrándolo con parsimonia (Berta había aprendido de su madre este buen modo de conservar la frescura de la carne), creyó sentir algo como respiración tras ella. Volviose, y vio a los cuatro idiotas, con los hombros pegados uno a otro, mirando estupefactos la operación. Rojo... Rojo...

—¡Señora! Los niños están aquí en la cocina.

Berta llegó. No quería que jamás pisaran allí. ¡Y ni aun en estas horas de pleno perdón, olvido y felicidad reconquistada podía evitarse esa horrible visión! Porque, naturalmente, cuanto más intensos eran los raptos de amor a su marido e hija, más irritado era su humor con los monstruos.

—¡Que salgan, María! ¡Échelos! ¡Échelos, le digo!

Las cuatro pobres bestias, sacudidas, brutalmente empujadas, fueron a dar a su banco.

Después de almorzar salieron todos. La sirvienta fue a Buenos Aires y el matrimonio a pasear por las quintas. Al bajar el sol volvieron; pero Berta quiso saludar un momento a sus vecinas de enfrente. Su hija escapose enseguida a casa.

Entretanto los idiotas no se habían movido en todo el día de su banco. El sol había traspuesto ya el cerco, comenzaba a hundirse, y ellos continuaban mirando los ladrillos, más inertes que nunca.

De pronto algo se interpuso entre su mirada y el cerco. Su hermana, cansada de cinco horas paternales, quería observar por su cuenta.

Detenida al pie del cerco miraba pensativa la cresta. Quería trepar, eso no ofrecía duda. Al fin decidióse por una silla sin fondo, pero aún no alcanzaba. Recurrió entonces a un cajón de querosén, y su instinto topográfico hízole colocar vertical el mueble, con lo cual triunfó.

Los cuatro idiotas, la mirada indiferente, vieron cómo su hermana lograba pacientemente dominar el equilibrio y cómo en puntas de pie apoyaba la garganta sobre la cresta del cerco, entre sus manos tirantes. Viéronla mirar a todos lados y buscar apoyo con el pie para alzarse más.

Pero la mirada de los idiotas se había animado; una misma luz insistente estaba fija en sus pupilas. No apartaban los ojos de su hermana mientras una creciente sensación de gula bestial iba cambiando cada línea de sus rostros. Lentamente avanzaron al cerco. La pequeña, que habiendo logrado calzar el pie iba ya a montar a horcajadas y a caerse seguramente del otro lado, se sintió cogida de una pierna. Debajo de ella, los ocho ojos clavados en los suyos le dieron miedo.

—¡Soltame! ¡Dejame! —gritó sacudiendo la pierna. Pero fue atraída.

—¡Mamá! ¡Ay, mamá! ¡Mamá, papá! —lloró imperiosamente. Trató aún de sujetarse del borde, pero sintiose arrancada y cayó.

—¡Mamá! ¡Ay, ma...! —no pudo gritar más. Uno de ellos le apretó el cuello, apartando los bucles como si fueran plumas, y los otros la arrastraron de una sola pierna hasta la cocina, donde esa mañana se había desangrado la gallina, bien sujeta, arrancándole la vida segundo por segundo.

Mazzini, en la casa de enfrente, creyó oír la voz de su hija.

—Me parece que te llama —le dijo a Berta.

Prestaron oído, inquietos, pero no oyeron más. Con todo, un momento después se despidieron y, mientras Berta iba a dejar su sombrero, Mazzini avanzó en el patio:

—¡Bertita!

Nadie respondió.

—¡Bertita! —alzó más la voz, ya alterada.

Y el silencio fue tan fúnebre para su corazón siempre aterrado, que la espalda se le heló del horrible presentimiento.

—¡Mi hija, mi hija! —corrió ya desesperado hacia el fondo. Pero al pasar frente a la cocina vio en el piso un mar de sangre. Empujó violentamente la puerta, entornada, y lanzó un grito de horror.

Berta, que ya se había lanzado corriendo a su vez al oír el angustioso llamado del padre, oyó el grito y respondió con otro. Pero al precipitarse en la cocina, Mazzini, lívido como la muerte, se interpuso, conteniéndola.

—¡No entres! ¡No entres!

Berta alcanzó a ver el piso inundado de sangre. Sólo pudo echar sus brazos sobre la cabeza y hundirse a lo largo de su marido con un ronco suspiro.

(1909)

A la deriva

El hombre pisó algo blanduzco, y enseguida sintió la mordedura en el pie. Saltó adelante y, al volverse, con un juramento vio una yararacusú que, arrollada sobre sí misma, esperaba otro ataque. El hombre echó una veloz ojeada a su pie, donde dos gotitas de sangre engrosaban dificultosamente, y sacó el machete de la cintura. La víbora vio la amenaza y hundió más la cabeza en el centro mismo de su espiral; pero el machete cayó de lomo, dislocándole las vértebras.

El hombre se bajó hasta la mordedura, quitó las gotitas de sangre y durante un instante contempló. Un dolor agudo nacía de los dos puntitos violeta y comenzaba a invadir todo el pie.

Apresuradamente se ligó el tobillo con su pañuelo y siguió por la picada hacia su rancho.

El dolor en el pie aumentaba, con sensación de tirante abultamiento, y de pronto el hombre sintió dos o tres fulgurantes puntadas que, como relámpagos, habían irradiado desde la herida hasta la mitad de la pantorrilla. Movía la pierna con dificultad; una metálica sequedad de garganta, seguida de sed quemante, le arrancó un nuevo juramento.

Llegó por fin al rancho y se echó de brazos sobre la rueda de un trapiche. Los dos puntitos violeta desaparecían ahora en la monstruosa hinchazón del pie entero. La piel parecía adelgazada y a punto de ceder, de tensa. Quiso llamar a su mujer, y la voz se quebró en un ronco arrastre de garganta reseca. La sed lo devoraba.

—¡Dorotea! —alcanzó a lanzar en un estertor—. ¡Dame caña!

Su mujer corrió con un vaso lleno, que el hombre sorbió en tres tragos. Pero no había sentido gusto alguno.

—¡Te pedí caña, no agua! —rugió de nuevo—. ¡Dame caña!

—¡Pero es caña, Paulino! —protestó la mujer, espantada.

—¡No, me diste agua! ¡Quiero caña, te digo!

La mujer corrió otra vez, volviendo con la damajuana. El hombre tragó uno tras otro dos vasos, pero no sintió nada en la garganta.

—Bueno; esto se pone feo... —murmuró entonces, mirando su pie, lívido y ya con lustre gangrenoso.

Sobre la honda ligadura del pañuelo la carne desbordaba como una monstruosa morcilla.

Los dolores fulgurantes se sucedían en continuos relampagueos y llegaban ahora a la ingle. La atroz sequedad de garganta, que el aliento parecía caldear más, aumentaba a la par. Cuando pretendió incorporarse, un fulminante vómito lo mantuvo medio minuto con la frente apoyada en la rueda de palo.

Pero el hombre no quería morir, y descendiendo hasta la costa subió a su canoa. Sentose en la popa y comenzó a palear hasta el centro del Paraná. Allí la corriente del río, que en las inmediaciones del Iguazú corre seis millas, lo llevaría antes de cinco horas a Tacurú-Pucú.

El hombre, con sombría energía, pudo efectivamente llegar hasta el medio del río; pero allí sus manos dormidas dejaron caer la pala en la canoa, y tras un nuevo vómito —de sangre esta vez— dirigió una mirada al sol, que ya trasponía el monte.

La pierna entera, hasta medio muslo, era ya un bloque deforme y durísimo que reventaba la ropa. El hombre cortó la ligadura y abrió el pantalón con su cuchillo: el bajo vientre desbordó hinchado, con grandes manchas lívidas y terriblemente doloroso. El hombre pensó que no podría llegar jamás él solo a Tacurú-Pucú y se decidió a pedir ayuda a su compadre Alves, aunque hacía mucho tiempo que estaban disgustados.

La corriente del río se precipitaba ahora hacia la costa brasileña, y el hombre pudo fácilmente atracar. Se arrastró por la picada en cuesta arriba; pero a los veinte metros, exhausto, quedó tendido de pecho.

—¡Alves! —gritó con cuanta fuerza pudo; y prestó oído en vano—. ¡Compadre Alves! ¡No me niegue este favor! —clamó de nuevo, alzando la cabeza del suelo. En el silencio de la selva no se oyó rumor. El hombre tuvo aún valor para llegar hasta su canoa, y la corriente, cogiéndola de nuevo, la llevó velozmente a la deriva.

El Paraná corre allí en el fondo de una inmensa hoya, cuyas paredes, altas de cien metros, encajonan fúnebremente el río. Desde las orillas, bordeadas de negros bloques de basalto, asciende el bosque, negro también. Adelante, a los costados, atrás, siempre la eterna muralla lúgubre, en cuyo fondo el río arremolinado se precipita en incesantes borbollones de agua fangosa. El paisaje es agresivo y reina en él un silencio de muerte. Al atardecer, sin embargo, su belleza sombría y calma cobra una majestad única.

El sol había caído ya cuando el hombre, semitendido en el fondo de la canoa, tuvo un violento escalofrío. Y de pronto, con asombro, enderezó pesadamente la cabeza: se sentía mejor. La pierna le dolía apenas, la sed disminuía, y su pecho, libre ya, se abría en lenta inspiración.

El veneno comenzaba a irse, no había duda. Se hallaba casi bien y, aunque no tenía fuerzas para mover la mano, contaba con la caída del rocío para reponerse del todo. Calculó que antes de tres horas estaría en Tacurú-Pucú.

El bienestar avanzaba, y con él una somnolencia llena de recuerdos. No sentía ya nada ni en la pierna ni en el vientre. ¿Viviría aún su compadre Gaona, en Tacurú-Pucú? Acaso viera también a su ex patrón míster Dougald y al recibidor del obraje.

¿Llegaría pronto? El cielo, al poniente, se abría ahora en pantalla de oro, y el río se había coloreado también.

Desde la costa paraguaya, ya entenebrecida, el monte dejaba caer sobre el río su frescura crepuscular en penetrantes efluvios de azahar y miel silvestre. Una pareja de guacamayos cruzó muy alto y en silencio hacia el Paraguay.

Allá abajo, sobre el río de oro, la canoa derivaba velozmente, girando a ratos sobre sí misma ante el borbollón de un remolino. El hombre que iba en ella se sentía cada vez mejor y pensaba entre tanto en el tiempo justo que había pasado sin ver a su ex patrón Dougald. ¿Tres años? Tal vez no, no tanto. ¿Dos años y nueve meses? Acaso. ¿Ocho meses y medio? Eso sí, seguramente.

De pronto sintió que estaba helado hasta el pecho.

¿Qué sería? Y la respiración...

Al recibidor de maderas de míster Dougald, Lorenzo Cubilla, lo había conocido en Puerto Esperanza un Viernes Santo... ¿Viernes? Sí, o jueves...

El hombre estiró lentamente los dedos de la mano.

—Un jueves...

Y cesó de respirar.

(1912)

El alambre de púa

Durante quince días el alazán había buscado en vano la senda por donde su compañero se escapaba del potrero. El formidable cerco, de capuera —desmonte que ha rebrotado inextricable—, no permitía paso ni aun a la cabeza del caballo. Evidentemente, no era por allí por donde el malacara pasaba.

Ahora recorría de nuevo la chacra, trotando inquieto con la cabeza alerta. De la profundidad del monte, el malacara respondía a los relinchos vibrantes de su compañero, con los suyos cortos y rápidos, en que había sin duda una fraternal promesa de abundante comida. Lo más irritante para el alazán era que el malacara reaparecía dos o tres veces en el día para beber. Prometíase aquel, entonces, no abandonar un instante a su compañero, y durante algunas horas, en efecto, la pareja pastaba en admirable conversa. Pero de pronto el malacara, con su soga a rastra, se internaba en el chircal, y cuando el alazán, al darse cuenta de su soledad, se lanzaba en su persecución, hallaba el monte inextricable. Esto sí, de adentro, muy cerca aún, el maligno malacara respondía a sus desesperados relinchos con un relinchillo a boca llena.

Hasta que esa mañana el viejo alazán halló la brecha muy sencillamente: cruzando por frente al chircal que desde el monte avanzaba cincuenta metros en el campo, vio un vago sendero que lo condujo en perfecta línea oblicua al monte. Allí estaba el malacara, deshojando árboles.

La cosa era muy simple: el malacara, cruzando un día el chircal, había hallado la brecha abierta en el monte por un incienso desarraigado. Repitió su avance a través del chircal, hasta llegar a conocer perfectamente la entrada del túnel. Entonces usó del viejo camino que con el alazán habían formado a lo largo de la línea del monte. Y aquí estaba la causa del trastorno del alazán: la entrada de la senda formaba una línea sumamente oblicua con el camino de los caballos, de modo que el alazán, acostumbrado a recorrer este de sur a norte y jamás de norte a sur, no hubiera hallado jamás la brecha.

En un instante estuvo unido a su compañero, y juntos entonces, sin más preocupación que la de despuntar torpemente las palmeras jóvenes, los dos caballos decidieron alejarse del malhadado potrero que sabían ya de memoria.

El monte, sumamente raleado, permitía un fácil avance, aun a los caballos. Del bosque no quedaba en verdad sino una franja de doscientos metros de ancho. Tras él, una capuera de dos años se empenachaba de tabaco salvaje. El viejo alazán, que en su juventud había correteado capueras hasta vivir perdido seis meses en ellas, dirigió la marcha, y en media hora los tabacos inmediatos quedaron desnudos de hojas hasta donde alcanza un pescuezo de caballo.

Caminando, comiendo, curioseando, el alazán y el malacara cruzaron la capuera hasta que un alambrado los detuvo.

—Un alambrado —dijo el alazán.

—Sí, alambrado —asintió el malacara. Y ambos, pasando la cabeza sobre el hilo superior, contemplaron atentamente. Desde allí se veía un alto pastizal de viejo rozado, blanco por la helada; un bananal y una plantación nueva. Todo ello poco tentador, sin duda; pero los caballos entendían ver eso, y uno tras otro siguieron el alambrado a la derecha.

Dos minutos después pasaban; un árbol, seco en pie por el fuego, había caído sobre los hilos. Atravesaron la blancura del pasto helado en que sus pasos no sonaban y, bordeando el rojizo bananal, quemado por la escarcha, vieron entonces de cerca qué eran aquellas plantas nuevas.

—Es yerba —constató el malacara, haciendo temblar los labios a medio centímetro de las hojas coriáceas.

La decepción pudo haber sido grande; mas los caballos, si bien golosos, aspiraban sobre todo a pasear. De modo que cortando oblicuamente el yerbal prosiguieron su camino, hasta que un nuevo alambrado contuvo a la pareja. Costeáronlo con tranquilidad grave y paciente, llegando así a una tranquera, abierta para su dicha, y los paseantes se vieron de repente en pleno camino real.

Ahora bien, para los caballos, aquello que acababan de hacer tenía todo el aspecto de una proeza. Del potrero aburridor a la libertad presente había infinita distancia. Mas, por infinita que fuera, los caballos pretendían prolongarla aún, y así, después de observar con perezosa atención los alrededores, quitáronse mutuamente la caspa del pescuezo y en mansa felicidad prosiguieron su aventura.

El día, en verdad, favorecía tal estado de alma. La bruma matinal de Misiones acababa de disiparse del todo y, bajo el cielo súbitamente puro, el paisaje brillaba de esplendorosa claridad. Desde la loma cuya cumbre ocupaban en ese momento los dos caballos, el camino de tierra colorada cortaba el pasto delante de ellos con precisión admirable, descendía al valle blanco de espartillo helado, para tornar a subir hasta el monte lejano. El viento, muy frío, cristalizaba aún más la claridad de la mañana de oro, y los caballos, que sentían de frente el sol, casi horizontal todavía, entrecerraban los ojos al dichoso deslumbramiento.

Seguían así, solos y gloriosos de libertad, en el camino encendido de luz, hasta que al doblar una punta de monte vieron a orillas del camino cierta extensión de un verde inusitado. ¿Pasto? Sin duda. Mas en pleno invierno...

Y, con las narices dilatadas de gula, los caballos se acercaron al alambrado. ¡Sí, pasto fino, pasto admirable! ¡Y entrarían, ellos, los caballos libres!

Hay que advertir que el alazán y el malacara poseían desde esa madrugada alta idea de sí mismos. Ni tranquera, ni alambrado, ni monte, ni desmonte, nada era para ellos obstáculo. Habían visto cosas extraordinarias, salvado dificultades no creíbles, y se sentían gordos, orgullosos y facultados para tomar la decisión más estrafalaria que ocurrírseles pudiera.

En este estado de énfasis, vieron a cien metros de ellos varias vacas detenidas a orillas del camino, y encaminándose allá llegaron a la tranquera, cerrada con cinco robustos palos. Las vacas estaban inmóviles, mirando fijamente el verde paraíso inalcanzable.

—¿Por qué no entran? —preguntó el alazán a las vacas.

—Porque no se puede —le respondieron.

—Nosotros pasamos por todas partes —afirmó el alazán, altivo—. Desde hace un mes pasamos por todas partes.

Con el fulgor de su aventura, los caballos habían perdido sinceramente el sentido del tiempo. Las vacas no se dignaron siquiera mirar a los intrusos.

—Los caballos no pueden —dijo una vaquillona movediza—. Dicen eso y no pasan por ninguna parte. Nosotras sí pasamos por todas partes.

—Tienen soga —añadió una vieja madre sin volver la cabeza.

—¡Yo no, yo no tengo soga! —respondió vivamente el alazán—. Yo vivía en las capueras y pasaba.

—¡Sí, detrás de nosotras! Nosotras pasamos y ustedes no pueden.

La vaquillona movediza intervino de nuevo:

—El patrón dijo el otro día: "A los caballos con un solo hilo se los contiene". ¿Y entonces?... ¿Ustedes no pasan?

—No, no pasamos —repuso sencillamente el malacara, convencido por la evidencia.

—¡Nosotras sí!

Al honrado malacara, sin embargo, se le ocurrió de pronto que las vacas, atrevidas y astutas, impenitentes invasoras de chacras y del Código Rural, tampoco pasaban la tranquera.

—Esta tranquera es mala —objetó la vieja madre—. ¡Él sí! Corre los palos con los cuernos.

—¿Quién? —preguntó el alazán.

Todas las vacas volvieron a él la cabeza con sorpresa.

—¡El toro, *Barigüí*! Él puede más que los alambrados malos.

—¿Alambrados?... ¿Pasa?

—¡Todo! Alambre de púa también. Nosotras pasamos después.

Los dos caballos, vueltos ya a su pacífica condición de animales a los que un solo hilo contiene, se sintieron ingenuamente deslumbrados por aquel héroe capaz de afrontar el alambre de púa, la cosa más terrible que puede hallar el deseo de pasar adelante.

De pronto las vacas se removieron mansamente: a lento paso llegaba el toro. Y ante aquella chata y obstinada frente dirigida en tranquila recta a la tranquera, los caballos comprendieron humildemente su inferioridad.

Las vacas se apartaron, y *Barigüí*, pasando el testuz bajo una tranca, intentó hacerla correr a un lado.

Los caballos levantaron las orejas, admirados, pero la tranca no corrió. Una tras otra, el toro probó sin resultado su esfuerzo inteligente: el chacarero, dueño feliz de la plantación de avena, había asegurado la tarde anterior los palos con cuñas.

El toro no intentó más. Volviéndose con pereza, olfateó a lo lejos entrecerrando los ojos, y costeó luego el alambrado, con ahogados mugidos sibilantes.

Desde la tranquera, los caballos y las vacas miraban. En determinado lugar el toro pasó los cuernos bajo el alambre de púa, tendiéndolo violentamente hacia arriba con el testuz, y la enorme bestia pasó arqueando el lomo. En cuatro pasos más estuvo entre la avena, y las vacas se encaminaron entonces allá, intentando a su vez pasar. Pero a las vacas falta evidentemente la decisión masculina de permitir en la piel sangrientos rasguños, y apenas introducían el cuello lo retiraban presto con mareante cabeceo.

Los caballos miraban siempre.

—No pasan —observó el malacara.

—El toro pasó —repuso el alazán—. Come mucho.

Y la pareja se dirigía a su vez a costear el alambrado por la fuerza de la costumbre, cuando un mugido, claro y berreante ahora, llegó hasta ellos: dentro del avenal el toro, con cabriolas de falso ataque, bramaba ante el chacarero que con un palo trataba de alcanzarlo.

—¡Añá!... Te voy a dar saltitos... —gritaba el hombre *Barigüí*, siempre danzando y berreando ante el hombre, esquivaba los golpes. Maniobraron así cincuenta metros, hasta que el chacarero pudo forzar a la bestia contra el alambrado. Pero esta, con la decisión pesada y bruta de su fuerza, hundió la cabeza entre los hilos y pasó, bajo un agudo violineo de alambre y de grampas lanzadas a veinte metros.

Los caballos vieron cómo el hombre volvía precipitadamente a su rancho, y tornaba a salir con el rostro pálido. Vieron también que saltaba el alambrado y se encaminaba en dirección de ellos, por lo cual los compañeros, ante aquel paso que avanzaba decidido, retrocedieron por el camino en dirección a su chacra.

Como los caballos marchaban dócilmente a pocos pasos delante del hombre, pudieron llegar juntos a la chacra del dueño del toro, siéndoles dado oír la conversación.

Es evidente, por lo que de ello se desprende, que el hombre había sufrido lo indecible con el toro del polaco. Plantaciones, por inaccesibles que hubieran sido dentro del monte; alambrados, por grande que fuera su tensión e infinito el número de hilos, todo lo arrolló el toro con sus hábitos de pillaje. Se deduce también que los vecinos estaban hartos de la bestia y de su dueño, por los incesantes destrozos de aquella. Pero como los pobladores de la región difícilmente denuncian al Juzgado de Paz perjuicios de animales, por duros que les sean, el toro proseguía comiendo en todas partes menos en la chacra de su dueño, el cual, por otro lado, parecía divertirse mucho con esto.

De este modo, los caballos vieron y oyeron al irritado chacarero y al polaco cazurro.

—¡Es la última vez, don Zaninski, que vengo a verlo por su toro! Acaba de pisotearme toda la avena. ¡Ya no se puede más!

El polaco, alto y de ojillos azules, hablaba con extraordinario y meloso falsete.

—¡Ah, toro, malo! ¡Mí no puede! ¡Mí ata, escapa! ¡Vaca tiene culpa! ¡Toro sigue vaca!

—¡Yo no tengo vacas, usted bien sabe!

—¡No, no! ¡Vaca Ramírez! ¡Mí queda loco, toro!

—Y lo peor es que afloja todos los hilos, usted lo sabe también!

—¡Sí, sí, alambre! ¡Ah, mí no sabe!...

—¡Bueno!, vea don Zaninski: yo no quiero cuestiones con vecinos, pero tenga por última vez cuidado con su toro para que no entre por el alambrado del fondo; en el camino voy a poner alambre nuevo.

—¡Toro pasa por camino! ¡No fondo!

—Es que ahora no va a pasar por el camino.

—¡Pasa, toro! ¡No púa, no nada! ¡Pasa todo!

—No va a pasar.

—¿Qué pone?

—Alambre de púa... pero no va a pasar.

—¡No hace nada púa!

—Bueno; haga lo posible por que no entre, porque si pasa se va a lastimar.

El chacarero se fue. Es como lo anterior evidente que el maligno polaco, riéndose una vez más de las gracias del animal, compadeció, si cabe en lo posible, a su vecino que iba a construir un alambrado infranqueable por su toro. Seguramente se frotó las manos:

—¡Mí no podrán decir nada esta vez si toro come toda avena!

Los caballos reemprendieron de nuevo el camino que los alejaba de su chacra, y un rato después llegaban al lugar en que *Barigüí* había cumplido su hazaña. La bestia estaba allí siempre, inmóvil en medio del camino, mirando con solemne vaciedad de idea, desde hacía un cuarto de hora, un punto fijo de la distancia. Detrás de él, las vacas dormitaban al sol ya caliente, rumiando.

Pero, cuando los pobres caballos pasaron por el camino, ellas abrieron los ojos, despreciativas:

—Son los caballos. Querían pasar el alambrado. Y tienen soga.

—¡*Barigüí* sí pasó!

—A los caballos un solo hilo los contiene.

—Son flacos.

Esto pareció herir en lo vivo al alazán, que volvió la cabeza:

—Nosotros no estamos flacos. Ustedes sí están. No va a pasar más aquí —añadió señalando los alambres caídos, obra de *Barigüí*.

—¡*Barigüí* pasa siempre! Después pasamos nosotras. Ustedes no pasan.

—No va a pasar más. Lo dijo el hombre.

—Él comió la avena del hombre. Nosotras pasamos después.

El caballo, por mayor intimidad de trato, es sensiblemente más afecto al hombre que la vaca. De aquí que el malacara y el alazán tuvieran fe en el alambrado que iba a construir el hombre.

La pareja prosiguió su camino, y momentos después, ante el campo libre que se abría ante ellos, los dos caballos bajaron la cabeza a comer, olvidándose de las vacas.

Tarde ya, cuando el sol acababa de entrar, los dos caballos se acordaron del maíz y emprendieron el regreso. Vieron en el camino al chacarero, que cambiaba todos los postes de su alambrado, y a un hombre rubio que, detenido a su lado a caballo, lo miraba trabajar.

—Le digo que va a pasar —decía el pasajero.

—No pasará dos veces —replicaba el chacarero.

—¡Usted verá! ¡Esto es un juego para el maldito toro del polaco! ¡Va a pasar!

—No pasará dos veces —repetía obstinadamente el otro.

Los caballos siguieron, oyendo aún palabras cortadas:

—... reír!

—... veremos.

Dos minutos más tarde el hombre rubio pasaba a su lado a trote inglés. El malacara y el alazán, algo sorprendidos de aquel paso que no conocían, miraron perderse en el valle al hombre presuroso.

—¡Curioso! —observó el malacara después de largo rato—. El caballo va al trote y el hombre al galope.

Prosiguieron. Ocupaban en ese momento la cima de la loma, como esa mañana. Sobre el cielo pálido y frío, sus siluetas se destacaban en negro, en mansa y cabizbaja pareja, el malacara delante, el alazán detrás. La atmósfera, ofuscada durante el día por la excesiva luz del sol, adquiría a esa semisombra crepuscular una transparencia casi fúnebre. El viento había cesado por completo, y con la calma del atardecer, en que el termómetro comenzaba a caer velozmente, el valle helado expandía su penetrante humedad, que se condensaba en rastreante neblina en el fondo sombrío de las vertientes. Revivía, en la tierra ya enfriada, el invernal olor de pasto quemado; y, cuando el camino costeaba el monte, el ambiente, que se sentía de golpe más frío y húmedo, se tornaba excesivamente pesado de perfume de azahar.

Los caballos entraron por el portón de su chacra, pues el muchacho, que hacía sonar el cajoncito de maíz, había oído su ansioso trémulo. El viejo alazán obtuvo el honor de que se le atribuyera la iniciativa de la aventura, viéndose gratificado con una soga, a efectos de lo que pudiera pasar.

Pero a la mañana siguiente, bastante tarde ya a causa de la densa neblina, los caballos repitieron su escapatoria, atravesando otra vez el tabacal salvaje, hollando con mudos pasos el pastizal helado, salvando la tranquera abierta aún.

La mañana encendida de sol, muy alto ya, reverberaba de luz, y el calor excesivo prometía para muy pronto cambio de tiempo. Después de trasponer la loma, los caballos vieron de pronto a las vacas detenidas en el camino, y el recuerdo de la tarde anterior excitó sus ojeras y su paso: querían ver cómo era el nuevo alambrado.

Pero su decepción, al llegar, fue grande. En los postes nuevos —oscuros y torcidos— había dos simples alambres de púa, gruesos tal vez, pero únicamente dos.

No obstante su mezquina audacia, la vida constante en chacras había dado a los caballos cierta experiencia en cercados. Observaron atentamente aquello, especialmente los postes.

—Son de madera de ley —observó el malacara.

—Sí, cernes quemados.

Y, tras otra larga mirada de examen, constató:

—El hilo pasa por el medio, no hay grampas.

—Están muy cerca uno de otro.

Cerca, los postes, sí, indudablemente: tres metros. Pero, en cambio, aquellos modestos alambres en reemplazo de los cinco hilos del cercado anterior desilusionaron a los caballos. ¿Cómo era posible que el hombre creyera que aquel alambrado para terneros iba a contener al terrible toro?

—El hombre dijo que no iba a pasar —se atrevió sin embargo el malacara, que, en razón de ser el favorito de su amo, comía más maíz, por lo cual sentíase más creyente.

Pero las vacas lo habían oído.

—Son los caballos. Los dos tienen soga. Ellos no pasan. *Barigüí* pasó ya.

—¿Pasó? ¿Por aquí? —preguntó descorazonado el malacara.

—Por el fondo. Por aquí pasa también. Comió la avena.

Entretanto, la vaquilla locuaz había pretendido pasar los cuernos entre los hilos; y una vibración aguda, seguida de un seco golpe en los cuernos, dejó en suspenso a los caballos.

—Los alambres están muy estirados —dijo después de largo examen el alazán.

—Sí. Más estirado no se puede...

Y ambos, sin apartar los ojos de los hilos, pensaban confusamente en cómo se podría pasar entre los dos hilos.

Las vacas, mientras tanto, se animaban unas a otras.

—Él pasó ayer. Pasa el alambre de púa. Nosotras después.

—Ayer no pasaron. Las vacas dicen sí, y no pasan —oyeron al alazán.

—¡Aquí hay púa, y *Barigüí* pasa! ¡Allí viene!

Costeando por adentro el monte del fondo, a doscientos metros aún, el toro avanzaba hacia el avenal. Las vacas se colocaron todas de frente al cercado, siguiendo atentas con los ojos a la bestia invasora. Los caballos, inmóviles, alzaron las orejas.

—¡Come toda la avena! ¡Después pasa!

—Los hilos están muy estirados... —observó aún el malacara, tratando siempre de precisar lo que sucedería si...

—¡Comió la avena! ¡El hombre viene! ¡Viene el hombre! —lanzó la vaquilla locuaz.

En efecto, el hombre acababa de salir del rancho y avanzaba hacia el toro. Traía el palo en la mano, pero no parecía iracundo; estaba sí muy serio y con el ceño contraído.

El animal esperó a que el hombre llegara frente a él, y entonces dio principio a los mugidos con bravatas de cornadas. El hombre avanzó más, el toro comenzó a retroceder, berreando siempre y arrasando la avena con sus bestiales cabriolas. Hasta que, a diez metros ya del camino, volvió grupas con un postrer mugido de desafío burlón, y se lanzó sobre el alambrado.

—¡Viene *Barigüí*! ¡Él pasa todo! ¡Pasa alambre de púa! —alcanzaron a clamar las vacas.

Con el impulso de su pesado trote, el enorme toro bajó la cabeza y hundió los cuernos entre los dos hilos. Se oyó un agudo gemido de alambre, un estridente chirrido que se propagó de poste a poste hasta el fondo, y el toro pasó.

Pero de su lomo y de su vientre, profundamente abierto, canalizados desde el pecho a la grupa, llovían ríos de sangre. La bestia, presa de estupor, quedó un instante atónita y temblando. Se alejó luego al paso, inundando el pasto de sangre, hasta que a los veinte metros se echó, con un ronco suspiro.

A mediodía el polaco fue a buscar a su toro, y lloró en falsete ante el chacarero impasible. El animal se había levantado y podía caminar. Pero su dueño, comprendiendo que le costaría mucho trabajo curarlo —si esto aún era

posible— lo carneó esa tarde, y al día siguiente al malacara le tocó en suerte llevar a su casa, en la maleta, dos
kilos de carne del toro muerto.

(1912)

El yaciyateré

Cuando uno ha visto a un chiquilín reírse a las dos de la mañana como un loco, con una fiebre de cuarenta y dos grados, mientras afuera ronda un yaciyateré, se adquiere de golpe sobre las supersticiones ideas que van hasta el fondo de los nervios.

Se trata aquí de una simple superstición. La gente del sur dice que el yaciyateré es un pajarraco desgarbado que canta de noche. Yo no lo he visto, pero lo he oído mil veces. El cantito es muy fino y melancólico. Repetido y obsediante, como el que más. Pero, en el norte, el yaciyateré es otra cosa.

Una tarde, en Misiones, fuimos un amigo y yo a probar una vela nueva en el Paraná, obra de nuestro ingenio. También la canoa era obra nuestra, construida en la bizarra proporción del 1:8. Poco estable, como se ve, pero capaz de filar como una torpedera.

Salimos a las cinco de la tarde, en verano. Desde la mañana no había viento. Se aprontaba una magnífica tormenta, y el calor pasaba de lo soportable. El río corría untuoso bajo el cielo blanco. No podíamos quitarnos un instante los anteojos amarillos, pues la doble reverberación de cielo y agua enceguecía. Además, principio de jaqueca en mi compañero. Y ni el más leve soplo de aire.

Pero una tarde así en Misiones, con una atmósfera de esas tras cinco días de viento norte, no indica nada bueno para el sujeto que está derivando por el Paraná en canoa de carrera. Nada más difícil, por otro lado, que remar en ese ambiente.

Seguimos a la deriva, atentos al horizonte del sur, hasta llegar al Teyucuaré. La tormenta venía.

Estos cerros del Teyucuaré, tronchados a pico sobre el río en enormes cantiles de asperón rosado, por los que se descuelgan las lianas del bosque, entran profundamente en el Paraná formando hacia San Ignacio una honda ensenada, a perfecto resguardo del viento sur. Grandes bloques de piedra desprendidos del acantilado erizan el litoral, contra el cual el Paraná entero tropieza, remolinea y se escapa por fin aguas abajo, en rápidos agujereados de remolinos. Pero desde el cabo final, y contra la costa misma, el agua remansa lamiendo lentamente el Teyucuaré hasta el fondo del golfo.

En dicho cabo, y a resguardo de un inmenso bloque para evitar las sorpresas del viento, encallamos la canoa y nos sentamos a esperar. Pero las piedras barnizadas quemaban literalmente, aunque no había sol, y bajamos a aguardar en cuclillas a orillas del agua.

El sur, sin embargo, había cambiado de aspecto. Sobre el monte lejano, un blanco rollo de viento ascendía, arrastrando tras él un toldo azul de lluvia. El río, súbitamente opaco, se había rizado.

Todo esto es rápido. Alzamos la vela, empujamos la canoa, y bruscamente, tras el negro bloque, el viento pasó raspando el agua. Fue una sola sacudida de cinco segundos; y ya había olas. Remamos hacia la punta de la restinga, pues tras el parapeto del acantilado no se movía aún una hoja. De pronto cruzamos la línea —imaginaria, si se quiere, pero perfectamente definida— y el viento nos cogió.

Véase ahora: nuestra vela tenía tres metros cuadrados, lo que es bien poco, y entramos con treinta y cinco grados en el viento. Pues bien; la vela voló, arrancada como un simple pañuelo y sin que la canoa hubiera tenido tiempo de sentir la sacudida. Instantáneamente el viento nos arrastró. No mordía sino en nuestros cuerpos; pero era bastante para contrarrestar remos, timón, todo lo que hiciéramos. Y ni siquiera de popa; nos llevaba de costado, borda tumbada como una cosa náufraga.

Viento y agua, ahora. Todo el río, sobre la cresta de las olas, estaba blanco por el chal de lluvia que el viento llevaba de una ola a la otra, rompía y anudaba en bruscas sacudidas convulsivas. Luego, la fulminante rapidez con que se forman las olas a contracorriente en un río que no da fondo allí a sesenta brazas. En un solo minuto el Paraná se había transformado en un mar huracanado, y nosotros, en dos náufragos. Íbamos siempre empujados de costado, tumbados, cargando veinte litros de agua a cada golpe de ola, ciegos de agua, con la cara dolorida por los latigazos de la lluvia y temblando de frío.

En Misiones, con una tempestad de verano, se pasa muy fácilmente de cuarenta grados a quince, y en un solo cuarto de hora. No se enferma nadie, porque el país es así, pero se muere uno de frío.

Pleno mar, en fin. Nuestra única esperanza era la playa de Blosset —playa de arcilla, felizmente—, contra la cual nos precipitábamos. No sé si la canoa hubiera resistido a flote un golpe más; pero, cuando una ola nos lanzó a cinco metros dentro de tierra, nos consideramos bien felices. Aún así tuvimos que salvar la canoa, que bajaba y subía al pajonal como un corcho, mientras nos hundíamos en la arcilla podrida y la lluvia nos golpeaba como piedras.

Salimos de allí; pero a las cinco cuadras estábamos muertos de fatiga —bien caliente esta vez—. ¿Continuar por la playa? Imposible. Y cortar el monte en una noche de tinta, aunque se tenga un Collins en la mano, es cosa de locos.

Esto hicimos, no obstante. Alguien ladró de pronto —o, mejor, aulló; porque los perros de monte sólo aúllan—, y tropezamos con un rancho. En el rancho había, no muy visible a la llama del fogón, un peón, su mujer y tres chiquilines. Además, una arpillera tendida como hamaca, dentro de la cual una criatura se moría con un ataque cerebral.

—¿Qué tiene? —preguntamos.

—Es un daño —respondieron los padres, después de volver un instante la cabeza a la arpillera.

Estaban sentados, indiferentes Los chicos, en cambio, eran todos ojos hacia fuera. En ese momento, lejos, cantó el yaciyateré. Instantáneamente los muchachos se taparon cara y cabeza con los brazos.

—¡Ah! El yaciyateré —pensamos—. Viene a buscar al chiquilín. Por lo menos lo dejará loco.

El viento y el agua habían pasado, pero la atmósfera estaba muy fría. Un rato después, pero mucho más cerca, el yaciyateré cantó de nuevo. El chico enfermo se agitó en la hamaca. Los padres miraban siempre el fogón, indiferentes. Les hablamos de paños de agua fría en la cabeza. No nos entendían, ni valía la pena, por lo demás. ¿Qué iba a hacer eso contra el yaciyateré?

Creo que mi compañero había notado, como yo, la agitación del chico al acercarse el pájaro. Proseguimos tomando mate, desnudos de cintura arriba, mientras nuestras camisas humeaban secándose contra el fuego. Nos hablábamos; pero en el rincón lóbrego se veían muy bien los ojos espantados de los muchachos.

Afuera, el monte goteaba aún. De pronto, a media cuadra escasa, el yaciyateré cantó. La criatura enferma respondió con una carcajada.

Bueno. El chico volaba de fiebre, porque tenía una meningitis, y respondía con una carcajada al llamado del yaciyateré.

Nosotros tomábamos mate. Nuestras camisas se secaban. La criatura estaba ahora inmóvil. Sólo de vez en cuando roncaba, con un sacudón de cabeza hacia atrás.

Afuera, en el bananal esta vez, el yaciyateré cantó. La criatura respondió enseguida con otra carcajada. Los muchachos dieron un grito y la llama del fogón se ahogó.

A nosotros, un escalofrío nos corrió de arriba abajo. Alguien, que cantaba afuera, se iba acercando, y de esto no había duda. Un pájaro; muy bien, y nosotros lo sabíamos. Y a ese pájaro que venía a robar o enloquecer a la criatura, la criatura misma respondía con una carcajada a cuarenta y dos grados.

La leña húmeda llameaba de nuevo y los inmensos ojos de los chicos lucían otra vez. Salimos un instante afuera. La noche había aclarado, y podríamos encontrar la picada. Algo de humo había todavía en nuestras camisas; pero cualquier cosa antes que aquella risa de meningitis...

Llegamos a las tres de la mañana a casa. Días después pasó el padre por allí y me dijo que el chico seguía bien y que se levantaba ya. Sano, en suma.

Cuatro años después de esto, estando yo allá, debí contribuir a levantar el censo de 1914, correspondiéndome el sector de Yabebirí-Teyucuaré. Fui por agua, en la misma canoa, pero esta vez a simple remo. Era también de tarde.

Pasé por el rancho en cuestión y no hallé a nadie. De vuelta, y ya al crepúsculo, tampoco vi a nadie. Pero veinte metros más adelante, parado en el ribazo del arroyo y contra el bananal oscuro, estaba un muchacho desnudo, de siete a ocho años. Tenía las piernas sumamente flacas —los muslos más aun que las pantorrillas— y el vientre enorme. Llevaba una vara de pescar en la mano derecha y en la izquierda sujetaba una banana a medio comer. Me miraba inmóvil, sin decidirse a comer ni a bajar del todo el brazo.

Le hablé, inútilmente. Insistí aún, preguntándole por los habitantes del rancho. Echó, por fin, a reír, mientras le caía un espeso hilo de baba hasta el vientre. Era el muchacho de la meningitis.

Salí de la ensenada; el chico me había seguido furtivamente hasta la playa, admirando con abiertos ojos mi canoa. Tiré los remos y me dejé llevar por el remanso, a la vista siempre del idiota crepuscular, que no se decidía a concluir su banana por admirar la canoa blanca.

(1917)

En la noche

Las aguas cargadas y espumosas del Alto Paraná me llevaron un día de creciente desde San Ignacio al ingenio de San Juan, sobre una corriente que iba midiendo seis millas en la canal, y nueve al caer del lomo de las restingas.

Desde abril yo estaba a la espera de esa creciente. Mis vagabundajes en canoa por el Paraná, exhausto de agua, habían concluido por fastidiar al griego. Es este un viejo marinero de la Marina de Guerra inglesa, que probablemente había sido antes pirata en el Egeo, su patria, y con más certidumbre contrabandista de caña en San Ignacio, desde quince años atrás. Era, pues, mi maestro de río.

—Está bien —me dijo al ver el río grueso—. Usted puede pasar ahora por un medio, medio regular marinero. Pero le falta una cosa, y es saber lo que es el Paraná cuando está bien crecido. ¿Ve esa piedraza —me señaló— sobre la corredera del Greco? Pues bien; cuando el agua llegue hasta allí y no se vea una piedra de la restinga, váyase entonces a abrir la boca ante el Teyucuaré, y cuando vuelva podrá decir que sus puños sirven para algo. Lleve otro remo también, porque con seguridad va a romper uno o dos. Y traiga de su casa una de sus mil latas de querosén, bien tapada con cera. Y, así y todo, es posible que se ahogue.

Con un remo de más, en consecuencia, me dejé tranquilamente llevar hasta el Teyucuaré.

La mitad, por lo menos, de los troncos, pajas podridas, espumas y animales muertos, que bajan con una gran crecida, quedan en esa profunda ensenada. Espesan el agua, cobran aspecto de tierra firme, remontan lentamente la costa, deslizándose contra ella como si fueran una porción desintegrada de la playa —porque ese inmenso remanso es un verdadero mar de sargazos—.

Poco a poco, aumentando la elipse de traslación, los troncos son cogidos por la corriente y bajan por fin velozmente girando sobre sí mismos, para cruzar dando tumbos frente a la restinga final del Teyucuaré, erguida hasta ochenta metros de altura.

Estos acantilados de piedra cortan perpendicularmente el río, avanzan en él hasta reducir su cauce a la tercera parte. El Paraná entero tropieza con ellos, busca salida, formando una serie de rápidos casi insalvables aun con aguas bajas, por poco que el remero no esté alerta. Y tampoco hay manera de evitarlos, porque la corriente central del río se precipita por la angostura formada, abriéndose desde la restinga en una curva tumultuosa que roza el remanso inferior y se delimita de él por una larga fila de espumas fijas.

A mi vez me dejé coger por la corriente. Pasé como una exhalación sobre los mismos rápidos y caía en las aguas agitadas de la canal, que me arrastraron de popa y de proa, debiendo tener mucho juicio con los remos que apoyaba alternativamente en el agua para restablecer el equilibrio, en razón de que mi canoa medía sesenta centímetros de ancho, pesaba treinta kilos y tenía tan sólo dos milímetros de espesor en toda su obra; de modo que un firme golpe de dedo podía perjudicarla seriamente. Pero de sus inconvenientes derivaba una velocidad fantástica, que me permitía forzar el río de sur a norte y de oeste a este, siempre, claro está, que no olvidara un instante la inestabilidad del aparato.

En fin, siempre a la deriva, mezclado con palos y semillas, que parecían tan inmóviles como yo, aunque bajábamos velozmente sobre el agua lisa, pasé frente a la isla del Toro, dejé atrás la boca del Yabebirí, el puerto de Santa Ana, y llegué al ingenio, de donde regresé enseguida, pues deseaba alcanzar San Ignacio en la misma tarde.

Pero en Santa Ana me detuve, titubeando. El griego tenía razón: una cosa es el Paraná bajo o normal, y otra muy distinta con las aguas hinchadas. Aun con mi canoa, los rápidos salvados al remontar el río me habían preocupado, no por el esfuerzo para vencerlos, sino por la posibilidad de volcar. Toda restinga, sabido es, ocasiona un rápido y un remanso adyacente; y el peligro está en esto precisamente: en salir de un agua muerta para chocar, a veces en ángulo recto, contra la correntada que pasa como un infierno. Si la embarcación es estable, nada hay que temer; pero con la mía nada más fácil que ir a sondar el rápido cabeza abajo, por poco que la luz me faltara.

Y, como la noche caía ya, me disponía a sacar la canoa a tierra y esperar el día siguiente, cuando vi a un hombre y una mujer que bajaban la barranca y se aproximaban.

Parecían marido y mujer; extranjeros, a ojos vista, aunque familiarizados con la ropa del país. Él traía la camisa arremangada hasta el codo, pero no se notaba en los pliegues del remango la menor mancha de trabajo. Ella llevaba un delantal enterizo y un cinturón de hule que la ceñía muy bien. Pulcros burgueses, en suma, pues de tales era el aire de satisfacción y bienestar, asegurados a expensas del trabajo de cualquier otro.

Ambos, tras un familiar saludo, examinaron con gran curiosidad la canoa de juguete, y después examinaron el río.

—El señor hace muy bien en quedarse —dijo él—. Con el río así, no se anda de noche.

Ella ajustó su cintura.

—A veces —sonrió coqueteando.

—¡Es claro! —replicó él—. Esto no reza con nosotros... Lo digo por el señor.

Y a mí:

—Si el señor piensa quedar, le podemos ofrecer buena comodidad. Hace dos años que tenemos un negocio; poca cosa, pero uno hace lo que puede... ¿Verdad, señor?

Asentí de buen grado, yendo con ellos hasta el boliche aludido, pues no de otra cosa se trataba. Cené, sin embargo, mucho mejor que en mi propia casa, atendido con una porción de detalles de *confort*, que parecían un sueño en aquel lugar. Eran unos excelentes tipos mis burgueses, alegres y limpios, porque nada hacían.

Después de un excelente café, me acompañaron a la playa, donde interné aún más mi canoa, dado que el Paraná, cuando las aguas llegan rojas y cribadas de remolinitos, sube dos metros en una noche. Ambos consideraron de nuevo la invisible masa del río.

—Hace muy bien en quedarse, señor —repitió el hombre—. El Teyucuaré no se puede pasar así como así de noche, como está ahora. No hay nadie que sea capaz de pasarlo... con excepción de mi mujer.

Yo me volví bruscamente a ella, que coqueteó de nuevo con el cinturón.

—¿Usted ha pasado el Teyucuaré de noche? —le pregunté.

—¡Oh, sí, señor!... Pero una sola vez... y sin ningún deseo de hacerlo. Entonces éramos un par de locos.

—¿Pero el río?... —insistí.

—¿El río? —cortó él—. Estaba hecho un loco, también. ¿El señor conoce los arrecifes, de la isla del Toro, no? Ahora están descubiertos por la mitad. Entonces no se veían nada... Todo era agua, y el agua pasaba por encima bramando, y la oíamos de aquí. ¡Aquel era otro tiempo, señor! Y aquí tiene un recuerdo de aquel tiempo... ¿El señor quiere encender un fósforo?

El hombre se levantó el pantalón hasta la corva, y en la parte interna de la pantorrilla vi una profunda cicatriz, cruzada como un mapa de costurones duros y plateados.

—¿Vio, señor? Es un recuerdo de aquella noche. Una raya...

Entonces recordé una historia, vagamente entreoída, de una mujer que había remado un día y una noche enteros, llevando a su marido moribundo. ¿Y era esa la mujer, aquella burguesita arrobada de éxito y de pulcritud?

—Sí, señor, era yo —se echó a reír, ante mi asombro, que no necesitaba palabras—. Pero ahora me moriría cien veces antes que intentarlo siquiera. Eran otros tiempos; ¡eso ya pasó!

—¡Para siempre! —apoyó él— Cuando me acuerdo... ¡Estábamos locos, señor! Los desengaños, la miseria si no nos movíamos... ¡Eran otros tiempos, sí!

¡Ya lo creo! Eran otros los tiempos, si habían hecho eso. Pero no quería dormirme sin conocer algún pormenor; y allí, en la oscuridad y ante el mismo río del cual no veíamos a nuestros pies sino la orilla tibia, pero que sentíamos subir y subir hasta la otra costa, me di cuenta de lo que había sido aquella epopeya nocturna.

Engañados respecto de los recursos del país, habiendo agotado en yerros de colono recién llegado el escaso capital que trajeran, el matrimonio se encontró un día al extremo de sus recursos. Pero, como eran animosos, emplearon los últimos pesos en una chalana inservible, cuyas cuadernas recompusieron con infinita fatiga, y con ella emprendieron un tráfico ribereño, comprando, a los pobladores diseminados en la costa, miel, naranjas, tacuaras, paja —todo en pequeña escala—, que iban a vender a la playa de Posadas, malbaratando casi siempre su mercancía, pues ignorantes al principio del pulso del mercado, llevaban litros de miel de caña cuando habían llegado barriles de ella el día anterior, y naranjas, cuando la costa amarilleaba.

Vida muy dura y fracasos diarios, que alejaban de su espíritu toda otra preocupación que no fuera llegar de madrugada a Posadas y remontar enseguida el Paraná a fuerza de puño. La mujer acompañaba siempre al marido y remaba con él.

En uno de los tantos días de tráfico, llegó un 23 de diciembre, y la mujer dijo:

—Podríamos llevar a Posadas el tabaco que tenemos y las bananas de Francés-cué. De vuelta traeremos tortas de Navidad y velitas de color. Pasado mañana es Navidad, y las venderemos muy bien en los boliches.

A lo que el hombre contestó:

—En Santa Ana no venderemos muchas; pero en San Ignacio podremos vender el resto.

Con lo cual descendieron la misma tarde hasta Posadas, para remontar a la madrugada siguiente, de noche aún.

Ahora bien; el Paraná estaba hinchado con sucias aguas de creciente que se alzaban por minutos. Y, cuando las lluvias tropicales se han descargado simultáneamente en toda la cuenca superior, se borran los largos remansos, que son los más fieles amigos del remero. En todas partes el agua se desliza hacia abajo, todo el inmenso volumen del río es una huyente masa líquida que corre en una sola pieza. Y si a la distancia el río aparece en la canal y estirado en rayas luminosas, de cerca, sobre él mismo, se ve el agua revuelta en pesado moaré de remolinos.

El matrimonio, sin embargo, no titubeó un instante en remontar tal río en un trayecto de sesenta kilómetros, sin otro aliciente que el de ganar unos cuantos pesos. El amor nativo al centavo que ya llevaban en sus entrañas se había exasperado ante la miseria entrevista y, aunque estuvieran ya próximos a su sueño dorado —que habían de realizar después—, en aquellos momentos hubieran afrontado el Amazonas entero, ante la perspectiva de aumentar en cinco pesos sus ahorros.

Emprendieron, pues, el viaje de regreso, la mujer en los remos y el hombre a la pala en popa. Subían apenas, aunque ponían en ello sus esfuerzos sostenidos, que debían duplicar cada veinte minutos en las restingas, donde los remos de la mujer adquirían una velocidad desesperada, y el hombre se doblaba en dos con lento y profundo esfuerzo sobre su pala hundida un metro en el agua.

Pasaron así diez, quince horas, todas iguales. Lamiendo el bosque o las pajas del litoral, la canoa remontaba imperceptiblemente la inmensa y luciente avenida de agua, en la cual la diminuta embarcación, rasando la costa, parecía bien pobre cosa.

El matrimonio estaba en perfecto tren, y no eran remeros a quienes catorce o dieciséis horas de remo podían abatir. Pero, cuando ya a la vista de Santa Ana se disponían a atracar para pasar la noche, al pisar el barro el hombre lanzó un juramento y saltó a la canoa: más arriba del talón, sobre el tendón de Aquiles, un agujero negruzco, de bordes lívidos y ya abultados, denunciaba el aguijón de la raya.

La mujer sofocó un grito.

—¿Qué?... ¿Una raya?

El hombre se había cogido el pie entre las manos y lo apretaba con fuerza convulsiva.

—Sí...

—¿Te duele mucho? —agregó ella, al ver su gesto.

Y él, con los dientes apretados:

—De un modo bárbaro...

En esa áspera lucha que había endurecido sus manos y sus semblantes, habían eliminado de su conversación cuanto no propendiera a sostener su energía. Ambos buscaron vertiginosamente un remedio. ¿Qué? No recordaban nada. La mujer de pronto recordó: aplicaciones de ají macho, quemado.

—¡Pronto, Andrés! —exclamó recogiendo los remos—. Acuéstate en popa; voy a remar hasta Santa Ana.

Y mientras el hombre, con la mano siempre aferrada al tobillo, se tendía a popa, la mujer comenzó a remar.

Durante tres horas remó en silencio, concentrando su sombría angustia en un mutismo desesperado, aboliendo de su mente cuanto pudiera restarle fuerzas. En popa, el hombre devoraba a su vez su tortura, pues nada hay comparable al atroz dolor que ocasiona la picadura de una raya —sin excluir el raspaje de un hueso tuberculoso—. Sólo de vez en cuando dejaba escapar un suspiro que a despecho suyo se arrastraba al final en bramido. Pero ella no lo oía o no quería oírlo, sin otra señal de vida que las miradas atrás para apreciar la distancia que faltaba aún.

Llegaron por fin a Santa Ana; ninguno de los pobladores de la costa tenía ají macho. ¿Qué hacer? Ni soñar siquiera en ir hasta el pueblo. En su ansiedad la mujer recordó de pronto que en el fondo del Teyucuaré, al pie del bananal de Blosset y sobre el agua misma, vivía desde meses atrás un naturalista, alemán de origen, pero al servicio del Museo de París. Recordaba también que había curado a dos vecinos de mordeduras de víbora y era, por tanto, más que probable que pudiera curar a su marido.

Reanudó, pues, la marcha, y tuvo lugar entonces la lucha más vigorosa que pueda entablar un pobre ser humano —¡una mujer!— contra la voluntad implacable de la Naturaleza.

Todo: el río creciendo y el espejismo nocturno que volcaba el bosque litoral sobre la canoa, cuando en realidad esta trabajaba en plena corriente a diez brazas; la extenuación de la mujer y sus manos, que mojaban el puño del remo de sangre y agua serosa; todo: río, noche y miseria sujetaban la embarcación.

Hasta la boca del Yabebirí pudo aún ahorrar alguna fuerza; pero en la interminable cancha desde el Yabebirí hasta los primeros cantiles del Teyucuaré, no tuvo un instante de tregua, porque el agua corría por entre las pajas como en la canal, y cada tres golpes de remo levantaban camalotes en vez de agua; los cuales cruzaban sobre la proa sus tallos nudosos y seguían a la rastra, por lo cual la mujer debía arrancarlos bajo el agua. Y, cuando tornaba a caer en el banco, su cuerpo, desde los pies a las manos, pasando por la cintura y los brazos, era un único y prolongado sufrimiento.

Por fin, al norte, el cielo nocturno se entenebrecía ya hasta el cenit por los cerros del Teyucuaré, cuando el hombre, que desde hacía un rato había abandonado su tobillo para asirse con las dos manos a la borda, dejó escapar un grito.

La mujer se detuvo.

—¿Te duele mucho?

—Sí... —respondió él, sorprendido a su vez y jadeante—. Pero no quise gritar... Se me escapó.

Y agregó más bajo, como si temiera sollozar si alzaba la voz:

—No lo voy a hacer más...

Sabía muy bien lo que era, en aquellas circunstancias y ante su pobre mujer realizando lo imposible, perder el ánimo. El grito se le había escapado, sin duda, por más que allá abajo, en el pie y el tobillo, el atroz dolor se exasperaba en punzadas fulgurantes que lo enloquecían.

Pero ya habían caído bajo la sombra del primer acantilado, rasando y golpeando con el remo de babor la dura mole que ascendía a pico hasta cien metros. Desde allí hasta la restinga sur del Teyucuaré el agua está muerta y hay remanso a trechos. Inmenso desahogo del que la mujer no pudo disfrutar, porque de popa se había alzado otro grito. La mujer no volvió la vista. Pero el herido, empapado en sudor frío y temblando hasta los mismos dedos adheridos al listón de la borda, no tenía ya fuerzas para contenerse y lanzaba un nuevo grito.

Durante largo rato el marido conservó un resto de energía, de valor, de conmiseración por aquella otra miseria humana, a la que robaba de ese modo sus últimas fuerzas, y sus lamentos rompían de largo en largo. Pero al fin toda su resistencia quedó deshecha en una papilla de nervios destrozados y, desvariado de tortura, sin darse él mismo cuenta, con la boca entreabierta para no perder tiempo, sus gritos se repitieron a intervalos regulares y acompasados en un ¡ay! de supremo sufrimiento.

La mujer, entretanto, el cuello doblado, no apartaba los ojos de la costa para conservar la distancia. No pensaba, no oía, no sentía: remaba. Sólo cuando un grito más alto, un verdadero clamor de tortura rompía la noche, las manos de la mujer se desprendían a medias del remo.

Hasta que por fin soltó los remos y echó los brazos sobre la borda.

—No grites... —murmuró.

—¡No puedo! —clamó él—. ¡Es demasiado sufrimiento!

Ella sollozaba:

—¡Ya sé!... ¡Comprendo!... Pero no grites... ¡No puedo remar!

Y él:

—Comprendo también... ¡Pero no puedo! ¡Ay!...

Y enloquecido de dolor y cada vez más alto:

—¡No puedo! ¡No puedo! ¡No puedo!

La mujer quedó largo rato aplastada sobre los brazos, inmóvil, muerta. Al fin se incorporó y reanudó muda la marcha.

Lo que la mujer realizó entonces, esa misma mujercita que llevaba ya dieciocho horas de remo en las manos, y que en el fondo de la canoa llevaba a su marido moribundo, es una de esas cosas que no se tornaban a hacer en la vida. Tuvo que afrontar en las tinieblas el rápido sur de Teyucuaré, que la lanzó diez veces a los remolinos de la canal. Intentó otras diez veces sujetarse al peñón para doblarlo con la canoa a la rastra y fracasó. Tornó al rápido, que logró por fin incidir con el ángulo debido, y ya en él se mantuvo su lomo treinta y cinco minutos remando vertiginosamente para no derivar. Remó todo ese tiempo con los ojos escocidos por el sudor que la cegaba y sin poder soltar un solo instante los remos. Durante esos treinta y cinco minutos tuvo a la vista, a tres metros, el peñón que no podía doblar, ganando apenas centímetros cada cinco minutos, y con la desesperante sensación de batir el aire con los remos, pues el agua huía velozmente.

Con qué fuerzas, que estaban agotadas; con qué increíble tensión de sus últimos nervios vitales pudo sostener aquella lucha de pesadilla, ella menos que nadie podría decirlo. Y sobre todo si se piensa que, por único estimulante, la lamentable mujercita no tuvo más que el acompasado alarido de su marido en popa.

El resto del viaje —dos rápidos más en el fondo del golfo y uno al final al costear el último cerro, pero sumamente largo— no requirió un esfuerzo superior a aquel. Pero cuando la canoa embicó por fin sobre la arcilla del puerto de Blosset, y la mujer pretendió bajar para asegurar la embarcación, se encontró de repente sin brazos, sin piernas y sin cabeza —nada sentía de sí misma, sino el cerro que se volcaba sobre ella—, y cayó desmayada.

—¡Así fue, señor! Estuve dos meses en cama, y ya vio cómo me quedó la pierna. ¡Pero el dolor, señor! Si no es por esta, no hubiera podido contarle el cuento, señor —concluyó poniéndole la mano en el hombro a su mujer.

La mujercita dejó hacer, riendo. Ambos sonreían, por lo demás, tranquilos, limpios y establecidos por fin con su boliche lucrativo, que había sido ideal.

Y, mientras quedábamos de nuevo mirando el río oscuro y tibio que pasaba creciendo, me pregunté qué cantidad de ideal hay en la entraña misma de la acción, cuando prescinde en un todo del móvil que la ha encendido, pues allí, tal cual, desconocido de ellos mismos, estaba el heroísmo a la espalda de los míseros comerciantes.

(1919)

El hombre muerto

El hombre y su machete acababan de limpiar la quinta calle del bananal. Faltábanles aún dos calles; pero como en estas abundaban las chircas y malvas silvestres, la tarea que tenían por delante era muy poca cosa. El hombre echó en consecuencia una mirada satisfecha a los arbustos rozados, y cruzó el alambrado para tenderse un rato en la gramilla.

Mas, al bajar el alambre de púa y pasar el cuerpo, su pie izquierdo resbaló sobre un trozo de corteza desprendida del poste, a tiempo que el machete se le escapaba de la mano. Mientras caía, el hombre tuvo la impresión sumamente lejana de no ver el machete de plano en el suelo.

Ya estaba tendido en la gramilla, acostado sobre el lado derecho, tal como él quería. La boca, que acababa de abrírsele en toda su extensión, acababa también de cerrarse. Estaba como hubiera deseado estar, las rodillas dobladas y la mano izquierda sobre el pecho. Sólo que tras el antebrazo, e inmediatamente por debajo del cinto, surgían de su camisa el puño y la mitad de la hoja del machete; pero el resto no se veía.

El hombre intentó mover la cabeza, en vano. Echó una mirada de reojo a la empuñadura del machete, húmeda aún del sudor de su mano. Apreció mentalmente la extensión y la trayectoria del machete dentro de su vientre, y adquirió, fría, matemática e inexorable, la seguridad de que acababa de llegar al término de su existencia.

La muerte. En el transcurso de la vida se piensa muchas veces en que un día, tras años, meses, semanas y días preparatorios, llegaremos a nuestro turno al umbral de la muerte. Es la ley fatal, aceptada y prevista; tanto que solemos dejarnos llevar placenteramente por la imaginación a ese momento, supremo entre todos, en que lanzamos el último suspiro.

Pero entre el instante actual y esa postrera espiración, ¡qué de sueños, trastornos, esperanzas y dramas presumimos de nuestra vida! ¡Qué nos reserva aún esta existencia llena de vigor, antes de su eliminación del escenario humano! Es este el consuelo, el placer y la razón de nuestras divagaciones mortuorias: ¡tan lejos está la muerte, y tan imprevisto lo que debemos vivir aún!

¿Aún?... No han pasado dos segundos: el sol está exactamente a la misma altura; las sombras no han avanzado un milímetro. Bruscamente, acaban de resolverse para el hombre tendido las divagaciones a largo plazo: se está muriendo.

Muerto. Puede considerarse muerto en su cómoda postura.

Pero el hombre abre los ojos y mira. ¿Qué tiempo ha pasado? ¿Qué cataclismo ha sobrevenido en el mundo? ¿Qué trastorno de la naturaleza trasuda el horrible acontecimiento?

Va a morir. Fría, fatal e ineludiblemente, va a morir.

El hombre resiste —¡es tan imprevisto ese horror!—. Y piensa: ¡Es una pesadilla; esto es! ¿Qué ha cambiado? Nada. Y mira: ¿No es acaso ese bananal su bananal? ¿No viene todas las mañanas a limpiarlo? ¿Quién lo conoce como él? Ve perfectamente el bananal, muy raleado, y las anchas hojas desnudas al sol. Allí están, muy cerca, deshilachadas por el viento. Pero ahora no se mueven... Es la calma de mediodía; pronto deben ser las doce.

Por entre los bananos, allá arriba, el hombre ve desde el duro suelo el techo rojo de su casa. A la izquierda, entrevé el monte y la capuera de canelas. No alcanza a ver más, pero sabe muy bien que a sus espaldas está el camino al puerto nuevo; y que en la dirección de su cabeza, allá abajo, yace en el fondo del valle el Paraná dormido como un lago. Todo, todo exactamente como siempre; el sol de fuego, el aire vibrante y solitario, los bananos inmóviles, el alambrado de postes muy gruesos y altos que pronto tendrá que cambiar...

¡Muerto! ¿Pero es posible? ¿No es este uno de los tantos días en que ha salido al amanecer de su casa con el machete en la mano? ¿No está allí mismo, a cuatro metros de él, su caballo, su malacara, oliendo parsimoniosamente el alambre de púa?

¡Pero sí! Alguien silba... No puede ver, porque está de espaldas al camino; mas siente resonar en el puentecito los pasos del caballo... Es el muchacho que pasa todas las mañanas hacia el puerto nuevo, a las once y media. Y siempre silbando... Desde el poste descascarado que toca casi con las botas, hasta el cerco vivo del monte que separa el bananal del camino, hay quince metros largos. Lo sabe perfectamente bien, porque él mismo, al levantar el alambrado, midió la distancia.

¿Qué pasa, entonces? ¿Es ese o no un natural mediodía de los tantos en Misiones, en su monte, en su potrero, en su bananal ralo? ¡Sin duda! Gramilla corta, conos de hormigas, silencio, sol a plomo...

Nada, nada ha cambiado. Sólo él es distinto. Desde hace dos minutos su persona, su personalidad viviente, nada tiene ya que ver ni con el potrero, que formó él mismo a azada, durante cinco meses consecutivos; ni con el bananal, obra de sus solas manos. Ni con su familia. Ha sido arrancado bruscamente, naturalmente, por obra de una cáscara lustrosa y un machete en el vientre. Hace dos minutos: se muere.

El hombre, muy fatigado y tendido en la gramilla sobre el costado derecho, se resiste siempre a admitir un fenómeno de esa trascendencia, ante el aspecto normal y monótono de cuanto mira. Sabe bien la hora: las once y media... El muchacho de todos los días acaba de pasar sobre el puente.

¡Pero no es posible que haya resbalado!... El mango de su machete (pronto deberá cambiarlo por otro; tiene ya poco vuelo) estaba perfectamente oprimido entre su mano izquierda y el alambre de púa. Tras diez años de bosque, él sabe muy bien cómo se maneja un machete de monte. Está solamente muy fatigado del trabajo de esa mañana y descansa un rato como de costumbre.

¿La prueba?... ¡Pero esa gramilla que entra ahora por la comisura de su boca la plantó él mismo, en panes de tierra distantes un metro uno de otro! Y ese es su bananal; ¡y ese es su malacara, resoplando cauteloso ante las púas de alambre! Lo ve perfectamente; sabe que no se atreve a doblar la esquina del alambrado, porque él está echado casi al pie del poste. Lo distingue muy bien; y ve los hilos oscuros de sudor que arrancan de la cruz y del anca. El sol cae a plomo y la calma es muy grande, pues ni un fleco de los bananos se mueve. Todos los días como ese, ha visto las mismas cosas.

... Muy fatigado, pero descansa sólo. Deben de haber pasado ya varios minutos. Y a las doce menos cuarto, desde allá arriba, desde el *chalet* de techo rojo, se desprenderán hacia el bananal su mujer y sus dos hijos, a buscarlo para almorzar. Oye siempre, antes que las demás, la voz de su chico menor que quiere soltarse de la mano de su madre: ¡Piapiá! ¡piapiá!

¿No es eso?... ¡Claro, oye! Ya es la hora. Oye efectivamente la voz de su hijo...

¡Qué pesadilla!... ¡Pero es uno de los tantos días, trivial como todos, claro está! Luz excesiva, sombras amarillentas, calor silencioso de horno sobre la carne, que hace sudar al malacara inmóvil ante el bananal prohibido.

... Muy cansado, mucho, pero nada más. ¡Cuántas veces, a mediodía como ahora, ha cruzado volviendo a casa ese potrero, que era capuera cuando él llegó, y que antes había sido monte virgen! Volvía entonces, muy fatigado también, con su machete pendiente de la mano izquierda, a lentos pasos.

Puede aún alejarse con la mente, si quiere; puede si quiere abandonar un instante su cuerpo y ver, desde el tajamar por él construido, el trivial paisaje de siempre: el pedregullo volcánico con gramas rígidas; el bananal y su arena roja; el alambrado empequeñecido en la pendiente, que se acoda hacia el camino. Y más lejos aún ver el potrero, obra sola de las manos. Y al pie de un poste descascarado, echado sobre el costado derecho y las piernas recogidas, exactamente como todos los días, puede verse a él mismo, como un pequeño bulto asoleado sobre la gramilla —descansando, porque está muy cansado...—.

Pero el caballo, rayado de sudor e inmóvil de cautela ante el esquinado del alambrado, ve también al hombre en el suelo y no se atreve a costear el bananal, como desearía. Ante las voces que ya están próximas —¡Piapiá!—, vuelve un largo, largo rato las orejas inmóviles al bulto: y, tranquilizado al fin, se decide a pasar entre el poste y el hombre tendido. Que ya ha descansado.

(1920)

Tacuara-Mansión

Frente al rancho de Juan Brown, en Misiones, se levanta un árbol de gran diámetro y ramas retorcidas, que presta a aquél frondosísimo amparo. Bajo este árbol murió, mientras esperaba el día para irse a su casa, Santiago Rivet, en circunstancias bastante singulares para que merezcan ser contadas.

Misiones, colocada a la vera de un bosque que comienza allí y termina en el Amazonas, guarece a una serie de tipos a quienes podría lógicamente imputarse cualquier cosa, menos el ser aburridos. La vida más desprovista de interés al norte de Posadas encierra dos o tres pequeñas epopeyas de trabajo o de carácter, si no de sangre. Pues bien se comprende que no son tímidos gatitos de civilización los tipos que, del primer chapuzón o en el reflujo final de sus vidas, han ido a encallar allá.

Sin alcanzar los contornos pintorescos de un João Pedro, por ser otros los tiempos y otro el carácter del personaje, don Juan Brown merece mención especial entre los tipos de aquel ambiente.

Brown era argentino y totalmente criollo, a despecho de una gran reserva británica. Había cursado en La Plata dos o tres brillantes años de ingeniería. Un día, sin que sepamos por qué, cortó sus estudios y derivó hasta Misiones. Creo haberle oído decir que llegó a Iviraromí por un par de horas, asunto de ver las ruinas. Mandó más tarde a buscar sus valijas a Posadas para quedarse dos días más, y allí lo encontré yo quince años después, sin que en todo ese tiempo hubiera abandonado una sola hora el lugar. No le interesaba mayormente el país; se quedaba allí, simplemente, por no valer sin duda la pena hacer otra cosa.

Era un hombre joven todavía, grueso, y más que grueso muy alto, pues pesaba cien kilos. Cuando galopaba —por excepción— era fama que se veía al caballo doblarse por el espinazo, y a don Juan sostenerlo con los pies en tierra.

En relación con su grave empaque, don Juan era poco amigo de palabras. Su rostro, ancho y rapado bajo un largo pelo hacia atrás, recordaba bastante al de un tribuno del 93. Respiraba con cierta dificultad, a causa de su corpulencia. Cenaba siempre a las cuatro de la tarde, y al anochecer llegaba infaliblemente al bar, fuere el tiempo que hubiere, al paso de su heroico caballito, para retirarse también infaliblemente el último de todos. Llamábaselo "don Juan" a secas, e inspiraba tanto respeto su volumen como su carácter. He aquí dos muestras de este raro carácter.

Cierta noche, jugando al truco con el juez de paz de entonces, el juez se vio en mal trance e intentó una trampa. Don Juan miró a su adversario sin decir palabra y prosiguió jugando. Alentado el mestizo, y como la suerte continuara favoreciendo a don Juan, tentó una nueva trampa. Juan Brown echó una ojeada a las cartas y dijo tranquilo al juez:

—Hiciste trampa de nuevo; da las cartas otra vez.

Disculpas efusivas del mestizo, y nueva reincidencia. Con igual calma, don Juan le advirtió:

—Has vuelto a hacer trampa; da las cartas de nuevo.

Cierta noche, durante una partida de ajedrez, se le cayó a don Juan el revólver, y el tiro partió. Brown recogió el revólver sin decir una palabra y prosiguió jugando, ante los bulliciosos comentarios de los contertulios, cada uno de los cuales, por lo menos, creía haber recibido la bala. Sólo al final se supo que quien la había recibido en una pierna era el mismo don Juan.

Brown vivía solo en Tacuara-Mansión (así llamada porque estaba en verdad construida de caña tacuara, y por otro malicioso motivo). Servíale de cocinero un húngaro de mirada muy dura y abierta, y que parecía echar las palabras en explosiones a través de los dientes. Veneraba a don Juan, el cual, por su parte, apenas le dirigía la palabra.

Final de este carácter: muchos años después, cuando en Iviraromí hubo un piano, se supo recién entonces que don Juan era un eximio ejecutante.

Lo más particular de don Juan Brown, sin embargo, eran las relaciones que cultivaba con monsieur Rivet, llamado oficialmente Santiago-Guido-Luciano-María Rivet.

Era este un perfecto ex hombre, arrojado hasta Iviraromí por la última oleada de su vida. Llegado al país veinte años atrás, y con muy brillante actuación luego en la dirección técnica de una destilería de Tucumán, redujo poco a poco el límite de sus actividades intelectuales, hasta encallar por fin en Iviraromí, en carácter de despojo humano.

Nada sabemos de su llegada allá. Un crepúsculo, sentado a la puerta del bar, lo vimos desembocar del monte de las ruinas en compañía de Luisser, un mecánico manco, tan pobre como alegre, y que decía siempre no faltarle nada, a pesar de que le faltaba un brazo.

En esos momentos el optimista sujeto se ocupaba de la destilación de hojas de naranjo, en el alambique más original que darse pueda. Ya volveremos sobre esta fase suya. Pero, en aquellos instantes de fiebre destilatoria, la llegada de un químico industrial de la talla de Rivet fue un latigazo de excitación para las fantasías del pobre manco. Él nos informó de la personalidad de monsieur Rivet, presentándolo un sábado de noche en el bar, que desde entonces honró con su presencia.

Monsieur Rivet era un hombrecillo diminuto, muy flaco, y que los domingos se peinaba el cabello en dos grasientas ondas a ambos lados de la frente. Entre sus barbas siempre sin afeitar pero nunca largas, tendíanse constantemente adelante sus labios en un profundo desprecio por todos, y en particular por los *doctores* de Iviraromí. El más discreto ensayo de sapecadoras y secadoras de yerba mate que se comentaba en el bar apenas arrancaba al químico otra cosa que salivazos de desprecio y frases entrecortadas:

—¡Tzsh!... Doctorcitos... No saben nada... ¡Tzsh!... Porquería...

Desde todos o casi todos puntos de vista, nuestro hombre era el polo opuesto del impasible Juan Brown. Y nada decimos de la corpulencia de ambos, por cuanto nunca llegó a verse, en boliche alguno del Alto Paraná, ser de hombros más angostos y flacura más raquítica que la de *mosiú* Rivet. Aunque esto sólo llegamos a apreciarlo en forma la noche del domingo en que el químico hizo su entrada al bar vestido con un flamante trajecito negro de adolescente, aun angosto de espalda y piernas para él mismo. Pero Rivet parecía estar orgulloso de él y sólo se lo ponía los sábados y domingos de noche.

El bar de que hemos hecho referencia era un pequeño hotel para refrigerio de los turistas que llegaban en invierno hasta Iviraromí a visitar las famosas ruinas jesuíticas y que después de almorzar proseguían viaje hasta el Iguazú, o regresaban a Posadas. En el resto de las horas, el bar nos pertenecía. Servía de infalible punto de reunión a los pobladores con alguna cultura de Iviraromí: diecisiete en total. Y era una de las mayores curiosidades en aquella amalgama de fronterizos del bosque el que los diecisiete jugaran al ajedrez, y bien. De modo que la tertulia desarrollábase a veces en silencio entre espaldas dobladas sobre cinco o seis tableros, entre sujetos la mitad de los cuales no podían concluir de firmar sin secarse dos o tres veces la mano.

A las doce de la noche el bar quedaba desierto, salvo las ocasiones en que don Juan había pasado toda la mañana y toda la tarde de espaldas al mostrador de todos los boliches de Iviraromí. Don Juan era entonces inconmovible. Malas noches estas para el barman, pues Brown poseía la más sólida cabeza del país. Recostado al despacho de bebidas, veía pasar las horas una tras otra, sin moverse ni oír al barman, que para advertir a don Juan salía a cada instante afuera a pronosticar lluvia.

Como monsieur Rivet demostraba a su vez una gran resistencia, pronto llegaron el ex ingeniero y el ex químico a encontrarse en frecuentes *vis-à-vis*. No vaya a creerse sin embargo que esta común finalidad y fin de vida hubiera creado el menor asomo de amistad entre ellos. Don Juan, en pos de un *Buenas noches*, más indicado que dicho, no volvía a acordarse para nada de su compañero. M. Rivet, por su parte, no disminuía en honor de Juan Brown el desprecio que le inspiraban los doctores de Iviraromí, entre los cuales contaba naturalmente a don Juan. Pasaban la noche juntos y solos, y a veces proseguían la mañana entera en el primer boliche abierto; pero sin mirarse siquiera.

Estos originales encuentros se tornaron más frecuentes al mediar el invierno en que el socio de Rivet emprendió la fabricación de alcohol de naranja, bajo la dirección del químico. Concluida esta empresa con la catástrofe de que damos cuenta en otro relato, Rivet concurrió todas las noches al bar, con su esbeltito traje negro. Y, como don Juan pasaba en esos momentos por una de sus malas crisis, tuvieron ambos ocasión de celebrar *vis-à-vis* fantásticos, hasta llegar al último, que fue decisivo.

Por las razones antedichas y el manifiesto lucro que el dueño del bar obtenía con ellas, este pasaba las noches en blanco, sin otra ocupación que atender los vasos de los dos socios y cargar de nuevo la lámpara de alcohol. Frío, habrá que suponerlo en esas crudas noches de junio. Por ello el bolichero se rindió una noche y, después de confiar a la honorabilidad de Brown el resto de la damajuana de caña, se fue a acostar. De más está decir que Brown era únicamente quien respondía de estos gastos a dúo.

Don Juan, pues, y monsieur Rivet quedaron solos a las dos de la mañana, el primero en su lugar habitual, *duro* e impasible como siempre, y el químico paseando agitado con la frente en sudor, mientras afuera caía una cortante helada.

Durante dos horas no hubo novedad alguna; pero, al dar las tres, la damajuana se vació. Ambos lo advirtieron, y por un largo rato los ojos globosos y muertos de don Juan se fijaron en el vacío delante de él. Al fin, volviéndose a medias, echó una ojeada a la damajuana agotada y recuperó tras ella su pose. Otro largo rato transcurrió y de nuevo volviose a observar el recipiente. Cogiéndolo por fin, lo mantuvo boca abajo sobre el cinc; nada: ni una gota.

Una crisis de dipsomanía puede ser derivada con lo que se quiera, menos con la brusca supresión de la droga. De vez en cuando, y a las puertas mismas del bar, rompía el canto estridente de un gallo, que hacía resoplar a Juan Brown y perder el compás de su marcha a Rivet. Al final, el gallo desató la lengua del químico en improperios pastosos contra los doctorcitos. Don Juan no prestaba a su cháchara convulsiva la menor atención; pero ante el constante: "Porquería... no saben nada..." del ex químico, Juan Brown volvió a él sus pesados ojos y le dijo:

—¿Y vos qué sabés?

Rivet, al trote y salivando, se lanzó entonces en insultos del mismo jaez contra don Juan, quien lo siguió obstinadamente con los ojos. Al fin resopló, apartando la vista:

—Francés del diablo...

La situación, sin embargo, se volvía intolerable. La mirada de don Juan, fija desde hacía rato en la lámpara, cayó por fin de costado sobre su socio:

—Vos que sabés de todo, industrial... ¿Se puede tomar el alcohol carburado?

¡Alcohol! La sola palabra sofocó, como un soplo de fuego, la irritación de Rivet. Tartamudeó, contemplando la lámpara:

—¿Carburado?... ¡Tzsh!... Porquería... Bencinas... Piridinas... ¡Tzhs!... Se puede tomar.

No bastó más. Los socios encendieron una vela, vertieron en la damajuana el alcohol con el mismo pestilente embudo, y ambos volvieron a la vida.

El alcohol carburado no es una bebida para seres humanos. Cuando hubieron vaciado la damajuana hasta la última gota, don Juan perdió por primera vez en la vida su impasible línea y cayó, se desplomó como un elefante en la silla. Rivet sudaba hasta las mechas del cabello y no podía arrancarse de la baranda del billar.

—Vamos —le dijo don Juan, arrastrando consigo a Rivet, que resistía. Brown logró cinchar su caballo, pudo izar al químico a la grupa, y a las tres de la mañana partieron del bar al paso del flete de Brown, que, siendo capaz de trotar con cien kilos encima, bien podía caminar cargado con ciento cuarenta.

La noche, muy fría y clara, debía estar ya velada de neblina en la cuenca de las vertientes. En efecto, apenas a la vista del valle del Yabebirí, pudieron ver la bruma, acostada desde temprano a lo largo del río, ascender desflecada en jirones por la falta de la serranía. Más en lo hondo aún, el bosque tibio debía estar ya blanco de vapores.

Fue lo que aconteció. Los viajeros tropezaron de pronto con el monte, cuando debían estar ya en Tacuara-Mansión. El caballo, fatigado, se resistía a abandonar el lugar. Don Juan volvió grupa, y un rato después tenían de nuevo el bosque por delante.

—Perdidos... —pensó don Juan, castañeteando a pesar suyo, pues, aun cuando la cerrazón impedía la helada, el frío no mordía menos. Tomó otro rumbo, confiando esta vez en el caballo. Bajo su saco de astracán, Brown se sentía empapado en sudor de hielo. El químico, más lesionado, bailoteaba en ancas de un lado para otro, inconsciente del todo.

El monte los detuvo de nuevo. Don Juan consideró entonces que había hecho cuanto era posible para llegar a su casa. Allí mismo ató su caballo en el primer árbol y, tendiendo a Rivet al lado suyo, se acostó al pie de aquel. El químico, muy encogido, había doblado las rodillas hasta el pecho y temblaba sin tregua. No ocupaba más espacio que una criatura —y eso flaca—. Don Juan lo contempló un momento; y, encogiéndose ligeramente de hombros, apartó de sí el mandil que se había echado encima y cubrió con él a Rivet, hecho lo cual, se tendió de espaldas sobre el pasto de hielo.

Cuando volvió en sí, el sol estaba ya muy alto. Y a diez metros de ellos, su propia casa.

Lo que había pasado era muy sencillo: ni un solo momento se habían extraviado la noche anterior. El caballo habíase detenido la primera vez —y todas— ante el gran árbol de Tacuara-Mansión, que el alcohol de lámparas y la niebla habían impedido ver a su dueño. Las marchas y contramarchas, al parecer interminables, habíanse concretado a sencillos rodeos alrededor del árbol familiar.

De cualquier modo, acababan de ser descubiertos por el húngaro de don Juan. Entre ambos transportaron al rancho a monsieur Rivet, en la misma postura de niño con frío en que había muerto. Juan Brown, por su parte, y a pesar de los porrones calientes, no pudo dormirse en largo tiempo, calculando obstinadamente, ante su tabique de cedro, el número de tablas que necesitaría el cajón de su socio.

Y a la mañana siguiente las vecinas del pedregoso camino del Yabebirí oyeron desde lejos y vieron pasar el saltarín carrito de ruedas macizas, y seguido a prisa por el manco, que se llevaba los restos del difunto químico.

Maltrecho a pesar de su enorme resistencia, don Juan no abandonó en diez días Tacuara-Mansión. No faltó sin embargo quien fuera a informarse de lo que había pasado, so pretexto de consolar a don Juan y de cantar aleluyas al ilustre químico fallecido.

Don Juan lo dejó hablar sin interrumpirlo. Al fin, ante nuevas loas al intelectual desterrado en país salvaje que acababa de morir, don Juan se encogió de hombros:

—Gringo de porquería... —murmuró apartando la vista.

Y esta fue toda la oración fúnebre de monsieur Rivet.

(1920)

La cámara oscura

Una noche de lluvia nos llegó al bar de las ruinas la noticia de que nuestro juez de paz, de viaje en Buenos Aires, había sido víctima del cuento del tío y regresaba muy enfermo.

Ambas noticias nos sorprendieron, porque jamás pisó Misiones mozo más desconfiado que nuestro juez, y nunca habíamos tomado en serio su enfermedad, asma, y, para su frecuente dolor de muelas, coñac en buches, que no devolvía. ¿Cuentos del tío a él? Había que verlo.

Ya conté, en la historia del medio litro de alcohol carburado que bebieron don Juan Brown y su socio Rivet, el incidente de naipes en que actuó el juez de paz.

Llamábase este funcionario Malaquías Sotelo. Era un indio de baja estatura y cuello muy corto que parecía sentir resistencia en la nuca para enderezar la cabeza. Tenía fuerte mandíbula y la frente tan baja que el pelo corto y rígido como alambre le arrancaba en línea azul a dos dedos de las cejas espesas. Bajo estas, dos ojillos hundidos que miraban con eterna desconfianza, sobre todo cuando el asma los anegaba de angustia. Sus ojos se volvían entonces a uno y otro lado con jadeante recelo de animal acorralado —y uno evitaba con gusto mirarlo en tales casos—.

Fuera de esta manifestación de su alma indígena, era un muchacho incapaz de malgastar un centavo en lo que fuere, y lleno de voluntad.

Había sido desde muchacho soldado de policía en la campaña de Corrientes. La ola de desasosiego, que como un viento norte sopla sobre el destino de los individuos en los países extremos, lo empujó a abandonar de golpe su oficio por el de portero del juzgado letrado de Posadas. Allí, sentado en el zaguán, aprendió solo a leer en *La Nación* y *La Prensa*. No faltó quien adivinara las aspiraciones de aquel indiecito silencioso, y dos lustros más tarde lo hallamos al frente del juzgado de paz de Iviraromí.

Tenía una cierta cultura adquirida a hurtadillas, bastante superior a la que demostraba, y en los últimos tiempos había comprado la *Historia universal* de César Cantú. Pero esto lo supimos después, en razón del sigilo con que ocultaba de las burlas ineludibles sus aspiraciones a doctor.

A caballo (jamás se lo vio caminar dos cuadras) era el tipo mejor vestido del lugar. Pero en su rancho andaba siempre descalzo y al atardecer leía a la vera del camino real en un sillón de hamaca, calzado sin medias con mocasines de cuero que él mismo se fabricaba. Tenía algunas herramientas de talabartería y soñaba con adquirir una máquina de coser calzado.

Mi conocimiento con él databa desde mi llegada misma al país, cuando el juez visitó una tarde mi taller a averiguar, justo al final de la ceremoniosa visita, qué procedimiento más rápido que el tanino conocía yo para curtir cuero de carpincho (sus zapatillas), y menos quemante que el bicromato.

En el fondo, el hombre me quería poco o por lo menos desconfiaba de mí. Y esto supongo que provino de cierto banquete con que los aristócratas de la región —plantadores de yerba, autoridades y bolicheros— festejaron al poco tiempo de mi llegada una fiesta patria en la plaza de las ruinas jesuíticas, a la vista y rodeados de mil pobres diablos y criaturas ansiosas, banquete al que no asistí, pero que presencié en todos sus aspectos, en compañía de un carpintero tuerto que una noche negra se había vaciado un ojo por estornudar con más alcohol del debido sobre un alambrado de púa, y de un cazador brasileño, una vieja y huraña bestia de monte que, después de mirar de reojo por tres meses seguidos mi bicicleta, había concluido por murmurar:

—Cavallo de pao...

Lo poco protocolar de mi compañía y mi habitual ropa de trabajo que no abandoné en el día patrio —esto último sobre todo— fueron sin duda las causas del recelo de que nunca se desprendió a mi respecto el juez de paz.

Se había casado últimamente con Elena Pilsudski, una polaquita muy joven que lo seguía desde ocho años atrás, y que cosía la ropa de sus chicos con el hilo de talabartero de su marido. Trabajaba desde el amanecer hasta la noche como un peón (el juez tenía buen ojo) y recelaba de todos los visitantes, a quienes miraba de un modo abierto y salvaje, no muy distinto del de sus terneras que apenas corrían más que su dueña cuando esta, con la falda a la cintura y los muslos al aire, volaba tras ellas al alba por entre el alto espartillo empapado en agua.

Otro personaje había aún en la familia, bien que no honrara a Iviraromí con su presencia sino de tarde en tarde: don Estanislao Pilsudski, suegro de Sotelo.

Era este un polaco cuya barba lacia seguía los ángulos de su flaca cara, calzado siempre de botas nuevas y vestido con un largo saco a modo de caftán. Sonreía sin cesar, presto a adelantarse a la opinión del más pobre ser que le hablara; constituyendo esto su característica de viejo zorro. En sus estadías entre nosotros no faltaba una sola noche al bar, con una vara siempre distinta si hacía buen tiempo, y con su paraguas si llovía. Recorría las mesas de juego, deteniéndose largo rato en cada una para ser grato a todos; o se paraba ante el billar con las manos por detrás y bajo del saco, balanceándose y aprobando toda carambola, pifiada o no. Lo llamábamos Corazón-Lindito a causa de ser esta su expresión habitual para calificar la hombría de bien de un sujeto.

Naturalmente, el juez de paz había merecido antes que nadie tal expresión, cuando Sotelo, propietario y juez, se casó —por amor a sus hijos— con Elena; pero a todos nosotros alcanzaban también las efusiones del almibarado rapaz.

Tales son los personajes que intervienen en el asunto fotográfico que es el tema de este relato.

Como dije al principio, la noticia del cuento del tío sufrido por el juez no había hallado entre nosotros la menor acogida. Sotelo era la desconfianza y el recelo mismo; y, por más provinciano que se sintiera en el Paseo de Julio, ninguno de nosotros hallaba en él madera ablandable por cuento alguno. Se ignoraba también la procedencia del chisme; había subido, seguramente, desde Posadas, como la noticia de su regreso y de su enfermedad, que desgraciadamente era cierta.

Yo la supe el primero de todos al volver a casa una mañana con la azada al hombro. Al cruzar el camino real al puerto nuevo, un muchacho detuvo en el puente el galope de su caballo blanco para contarme que el juez de paz había llegado la noche anterior en un vapor de la carrera de Iguazú, y que lo había bajado en brazos porque venía muy enfermo. Y que iba a avisar a su familia para que lo llevaran en un carro.

—¿Pero qué tiene? —pregunté al chico.

—Yo no sé —repuso el muchacho—. No puede hablar... Tiene una cosa en el resuello...

Por seguro que estuviera yo de la poca voluntad de Sotelo hacia mí, y de que su decantada enfermedad no era otra cosa que un vulgar acceso de asma, decidí ir a verlo. Ensillé, pues, mi caballo, y en diez minutos estaba allá.

En el puerto nuevo de Iviraromí se levanta un gran galpón nuevo que sirve de depósito de yerba, y se arruina un *chalet* deshabitado que en un tiempo fue almacén y casa de huéspedes. Ahora está vacío, sin que se halle en las piezas muy oscuras otra cosa que alguna guarnición mohosa de coche y un aparato telefónico por el suelo.

En una de estas piezas encontré a nuestro juez acostado vestido en un catre, sin saco. Estaba casi sentado, con la camisa abierta y el cuello postizo desprendido, aunque sujeto aún por detrás. Respiraba como respira un asmático en un violento acceso —lo que no es agradable de contemplar—. Al verme agitó la cabeza en la almohada, levantó un brazo, que se movió en desorden, y después el otro, que se llevó convulso a la boca. Pero no pudo decirme nada.

Fuera de su facies, del hundimiento insondable de sus ojos, y del afilamiento terroso de la nariz, algo sobre todo atrajo mi mirada: sus manos, saliendo a medias del puño de la camisa, descarnadas y con las uñas azules; los dedos lívidos y pegados que comenzaban a arquearse sobre la sábana.

Lo miré más atentamente, y vi entonces, me di clara cuenta de que el juez tenía los segundos contados: que se moría: que en ese mismo instante se estaba muriendo. Inmóvil a los pies del catre, lo vi tantear algo en la sábana, y, como si no lo hallara, hincar despacio las uñas. Lo vi abrir la boca, mover levemente la cabeza y fijar los ojos con algún asombro en un costado del techo, y detener allí la mirada hasta ahora, fija en el techo de cinc por toda la eternidad.

¡Muerto! En el breve tiempo de diez minutos yo había salido silbando de casa a consolar al pusilánime juez que hacía buches de caña entre dolor de muelas y ataque de asma, y volvía con los ojos duros por la efigie de un hombre que había esperado justo mi presencia para confiarme el espectáculo de su muerte.

Yo sufro muy vivamente estas impresiones. Cuantas veces he podido hacerlo, he evitado mirar un cadáver. Un muerto es para mí algo muy distinto de un cuerpo que acaba simplemente de perder la vida. Es otra cosa, una materia horriblemente inerte, amarilla y helada, que recuerda horriblemente a alguien que hemos conocido. Se comprenderá así mi disgusto ante el brutal y gratuito cuadro con que me había honrado el desconfiado juez.

Quedé el resto de la mañana en casa, oyendo el ir y venir de los caballos al galope; y muy tarde ya, cerca del mediodía, vi pasar, en un carro de playa tirado a gran trote por tres mulas, a Elena y su padre, que iban de pie saltando prendidos a la baranda.

Ignoro aún por qué la polaquita no acudió más pronto a ver a su difunto marido. Tal vez su padre dispuso así las cosas para hacerlas en forma: viaje de ida con la viuda en el carro y regreso en el mismo con el muerto bailoteando en el fondo. Se gastaba así menos.

Esto lo vi cuando a la vuelta Corazón-Lindito hizo parar el carro para bajar en casa a hablarme moviendo los brazos.

—¡Ah, señor! ¡Qué cosa! Nunca tuvimos en Misiones un juez como él. ¡Y era bueno, sí! ¡Lindito corazón tenía! Y le han robado todo. Aquí en el puerto... No tiene plata, no tiene nada.

Ante sus ojeadas evitando mirarme en los ojos, comprendí la terrible preocupación del polaco que desechaba como nosotros el cuento de la estafa en Buenos Aires, para creer que en el puerto mismo, antes o después de muerto, su yerno había sido robado.

—¡Ah, señor! —cabeceaba—. Llevaba quinientos pesos. ¿Y qué gastó? ¡Nada, señor! ¡Él tenía un corazón lindito! Y trae veinte pesos. ¿Cómo puede ser eso?

Y tornaba a fijar la mirada en mis botas para no subirla hasta los bolsillos del pantalón, donde podía estar el dinero de su yerno. Le hice ver a mi modo la imposibilidad de que yo fuera el ladrón —por simple falta de tiempo—, y la vieja garduña se fue hablando consigo mismo.

Todo el resto de esta historia es una pesadilla de diez horas. El entierro debía efectuarse esa misma tarde al caer el sol. Poco antes vino a casa la chica mayor de Elena a rogarme de parte de su madre que fuera a sacar un retrato al juez. Yo no lograba apartar de mis ojos al individuo dejando caer la mandíbula y fijando a perpetuidad la mirada en un costado del techo, para que yo no tuviera dudas de que no podía moverse más porque estaba muerto. Y he aquí que debía verlo de nuevo, reconsiderarlo, enfocarlo y revelarlo en mi cámara oscura.

¿Pero cómo privar a Elena del retrato de su marido, el único que tendría de él?

Cargué la máquina con dos placas y me encaminé a la casa mortuoria. Mi carpintero tuerto había construido un cajón todo en ángulos rectos, y dentro estaba metido el juez sin que sobrara un centímetro en la cabeza ni en los pies, las manos verdes cruzadas a la fuerza sobre el pecho.

Hubo que sacar el ataúd de la pieza muy oscura del juzgado y montarlo casi vertical en el corredor lleno de gente, mientras dos peones lo sostenían de la cabecera. De modo que bajo el velo negro tuve que empapar mis nervios sobreexcitados en aquella boca entreabierta más negra hacia el fondo más que la muerte misma; en la mandíbula retraída hasta dejar el espacio de un dedo entre ambas dentaduras; en los ojos de vidrio opaco bajo las pestañas como glutinosas e hinchadas; en toda la crispación de aquella brutal caricatura de hombre.

La tarde caía ya y se clavó a prisa el cajón. Pero no sin que antes viéramos venir a Elena trayendo a la fuerza a sus hijos para que besaran a su padre. El chico menor se resistía con tremendos alaridos, llevado a la rastra por el suelo. La chica besó a su padre, aunque sostenida y empujada de la espalda; pero con un horror tal ante aquella horrible cosa en que querían viera a su padre, que a estas horas, si aún vive, debe recordarlo con igual horror.

Yo no pensaba ir al cementerio, y lo hice por Elena. La pobre muchacha seguía inmediatamente al carrito de bueyes entre sus hijos, arrastrando de una mano a su chico, que gritó en todo el camino, y cargando en el otro a su infante de ocho meses. Como el trayecto era largo y los bueyes trotaban casi, cambió varias veces de brazo rendido con el mismo presuroso valor. Detrás, Corazón-Lindito recorría el séquito lloriqueando con cada uno por el robo cometido.

Se bajó el cajón en la tumba recién abierta y poblada de gruesas hormigas que trepaban por las paredes. Los vecinos contribuyeron al paleo de los enterradores con un puñado de tierra húmeda, no faltando quien pusiera en manos de la huérfana una caritativa mota de tierra. Pero Elena, que hamacaba desgreñada a su infante, corrió desesperada a evitarlo.

—¡No, Elenita! ¡No eches tierra sobre tu padre!

La fúnebre ceremonia concluyó; pero no para mí. Dejaba pasar las horas sin decidirme a entrar en el cuarto oscuro. Lo hice por fin, tal vez a media noche. No había nada de extraordinario para una situación normal de nervios en calma. Solamente que yo debía revivir al individuo ya enterrado que veía en todas partes; debía encerrarme con él, solos los dos en una apretadísima tiniebla; lo sentí surgir poco a poco ante mis ojos y entreabrir la negra boca bajo mis dedos mojados; tuve que balancearlo en la cubeta para que despertara de bajo tierra y se grabara ante mí en la otra placa sensible de mi horror.

Concluí, sin embargo. Al salir afuera, la noche libre me dio la impresión de un amanecer cargado de motivos de vida y de esperanzas que había olvidado. A dos pasos de mí, los bananos cargados de flores dejaban caer sobre la tierra las gotas de sus grandes hojas pesadas de humedad. Más lejos, tras el puente, la mandioca ardida se erguía por fin eréctil, perlada de rocío. Más allá aún, por el valle que descendía hasta el río, una vaga niebla envolvía la plantación de yerba, se alzaba sobre el bosque, para confundirse allá abajo con los espesos vapores que ascendían del Paraná tibio.

Todo esto me era bien conocido, pues era mi vida real. Y, caminando de un lado a otro, esperé tranquilo el día para recomenzarla.

(1920)

El desierto

La canoa se deslizaba costeando el bosque o lo que podía parecer bosque en aquella oscuridad. Más por instinto que por indicio alguno Subercasaux sentía su proximidad, pues las tinieblas eran un solo bloque infranqueable, que comenzaban en las manos del remero y subían hasta el cenit. El hombre conocía bastante bien su río, para no ignorar dónde se hallaba; pero, en tal noche y bajo amenaza de lluvia, era muy distinto atracar entre tacuaras punzantes o pajonales podridos, que en su propio puertito. Y Subercasaux no iba solo en la canoa.

La atmósfera estaba cargada a un grado asfixiante. En lado alguno a que se volviera el rostro se hallaba un poco de aire que respirar. Y, en ese momento, claras y distintas, sonaban en la canoa algunas gotas.

Subercasaux alzó los ojos, buscando en vano en el cielo una conmoción luminosa o la fisura de un relámpago. Como en toda la tarde, no se oía tampoco ahora un solo trueno.

"Lluvia para toda la noche", pensó. Y volviéndose a sus acompañantes mudos en popa:

—Pónganse las capas —dijo brevemente—. Y sujétense bien.

En efecto, la canoa avanzaba ahora doblando las ramas, y dos o tres veces el remo de babor se había deslizado sobre un gajo sumergido. Pero, aun a trueque de romper un remo, Subercasaux no perdía contacto con la fronda, pues, de apartarse cinco metros de la costa, podía cruzar y recruzar toda la noche delante de su puerto, sin lograr verlo.

Bordeando literalmente el bosque a flor de agua, el remero avanzó un rato aún. Las gotas caían ahora más densas, pero también con mayor intermitencia. Cesaban bruscamente, como si hubieran caído no se sabe de dónde. Y recomenzaban otra vez, grandes, aisladas y calientes, para cortarse de nuevo en la misma oscuridad y la misma depresión de atmósfera.

—Sujétense bien —repitió Subercasaux a sus dos acompañantes—. Ya hemos llegado.

En efecto, acababa de entrever la escotadura de su puerto. Con dos vigorosas remadas lanzó la canoa sobre la greda y, mientras sujetaba la embarcación al piquete, sus dos silenciosos acompañantes saltaban a tierra, la que a pesar de la oscuridad se distinguía bien, por hallarse cubierta de miríadas de gusanillos luminosos que hacían ondular el piso con sus fuegos rojos y verdes.

Hasta lo alto de la barranca, que los tres viajeros treparon bajo la lluvia por fin uniforme y maciza, la arcilla empapada fosforeció. Pero luego las tinieblas los aislaron de nuevo; y, entre ellas, la búsqueda del sulky que habían dejado caído sobre sus varas.

La frase hecha "No se ve ni las manos puestas bajo los ojos" es exacta. Y, en tales noches, el momentáneo fulgor de un fósforo no tiene otra utilidad que apretar enseguida la tiniebla mareante, hasta hacernos perder el equilibrio.

Hallaron sin embargo el sulky, mas no el caballo. Y, dejando de guardia junto a una rueda a sus dos acompañantes, que inmóviles bajo el capuchón caído crepitaban de lluvia, Subercasaux fue espinándose hasta el fondo de la picada, donde halló a su caballo, naturalmente enredado en las riendas.

No había Subercasaux empleado más de veinte minutos en buscar y traer el animal; pero, cuando al orientarse en las cercanías del sulky con un "¿Están ahí, chiquitos?", oyó "Sí, piapá", Subercasaux se dio por primera vez cuenta exacta, en esa noche, de que los dos compañeros que había abandonado a la noche y a la lluvia eran sus dos hijos, de cinco y seis años, cuyas cabezas no alcanzaban al cubo de la rueda, y que juntitos y chorreando agua del capuchón esperaban tranquilos a que su padre volviera.

Regresaban por fin a casa, contentos y charlando. Pasados los instantes de inquietud o peligro, la voz de Subercasaux era muy distinta de aquella con que hablaba a sus chiquitos cuando debía dirigirse a ellos como a hombres. Su voz había bajado dos tonos; y nadie hubiera creído allí, al oír la ternura de las voces, que quien reía entonces con las criaturas era el mismo hombre de acento duro y breve de media hora antes. Y quienes en verdad dialogaban ahora eran Subercasaux y su chica, pues el varoncito —el menor— se había dormido en las rodillas del padre.

Subercasaux se levantaba generalmente al aclarar; y, aunque lo hacía sin ruido, sabía bien que en el cuarto inmediato su chico, tan madrugador como él, hacía rato que estaba con los ojos abiertos esperando sentir a su padre para levantarse. Y comenzaba entonces la invariable fórmula de saludo matinal, de uno a otro cuarto.

—¡Buen día, piapiá!

—Buen día, hijito querido.

—Buen día, piapiacito adorado.

—Buen día, corderito sin mancha.

—Buen día, ratoncito sin cola.

—¡Coaticito mío!

—¡Piapiá tatucito!

—¡Carita de gato!

—¡Colita de víbora!

Y en este pintoresco estilo, un buen rato más. Hasta que, ya vestidos, se iban a tomar un café bajo las palmeras, en tanto que la mujercita continuaba durmiendo como una piedra, hasta que el sol en la cara la despertaba.

Subercasaux con sus dos chiquitos hechura suya en sentimientos y educación se consideraba el padre más feliz de la tierra. Pero lo había conseguido a costa de dolores más duros de los que suelen conocer los hombres casados.

Bruscamente, como sobrevienen las cosas que no se conciben por su aterradora injusticia, Subercasaux perdió a su mujer. Quedó de pronto solo, con dos criaturas que apenas lo conocían, y en la misma casa por él construida y por ella arreglada, donde cada clavo y cada pincelada en la pared eran un agudo recuerdo de compartida felicidad.

Supo al día siguiente, al abrir por casualidad el ropero, lo que es ver de golpe la ropa blanca de su mujer ya enterrada; y, colgado, el vestido que ella no tuvo tiempo de estrenar.

Conoció la necesidad perentoria y fatal, si se quiere seguir viviendo, de destruir hasta el último rastro del pasado, cuando quemó con los ojos fijos y secos las cartas por él escritas a su mujer, y que ella guardaba desde novia con más amor que sus trajes de ciudad. Y esa misma tarde supo, por fin, lo que es retener en los brazos, deshecho al fin de sollozos, a una criatura que pugna por desasirse para ir a jugar con el chico de la cocinera. Duro, terriblemente duro aquello…

Pero ahora reía con sus dos cachorros que formaban con él una sola persona, dado el modo curioso como Subercasaux educaba a sus hijos.

Las criaturas, en efecto, no temían a la oscuridad, ni a la soledad, ni a nada de lo que constituye el terror de los bebés criados entre las polleras de la madre. Más de una vez, la noche cayó sin que Subercasaux hubiera vuelto del río, y las criaturas encendieron el farol de viento a esperarlo sin inquietud. O se despertaban solos en medio de una furiosa tormenta que los enceguecía a través de los vidrios, para volverse a dormir enseguida, seguros y confiados en el regreso de papá.

No temían a nada, sino a lo que su padre les advertía debían temer —y en primer grado, naturalmente, figuraban las víboras—. Aunque libres, respirando salud y deteniéndose a mirarlo todo con sus grandes ojos de cachorros alegres, no hubieran sabido qué hacer un instante sin la compañía del padre. Pero si este, al salir, les advertía que iba a estar tal tiempo ausente, los chicos se quedaban entonces contentos a jugar entre ellos. De igual modo, si en sus mutuas y largas andanzas por el monte o el río, Subercasaux debía alejarse minutos u horas, ellos improvisaban enseguida un juego y lo aguardaban indefectiblemente en el mismo lugar, pagando así, con ciega y alegre obediencia, la confianza que en ellos depositaba su padre.

Galopaban a caballo por su cuenta, y esto desde que el varoncito tenía cuatro años. Conocían perfectamente —como toda criatura libre— el alcance de sus fuerzas, y jamás lo sobrepasaban. Llegaban a veces, solos, hasta el Yabebirí, al acantilado de arenisca rosa.

—Cerciórense bien del terreno, y siéntense después —les había dicho su padre.

El acantilado se alza perpendicular a veinte metros de un agua profunda y sombría que refresca las grietas de su base. Allá arriba, diminutos, los chicos de Subercasaux se aproximaban tanteando las piedras con el pie. Y seguros, por fin, se sentaban a dejar jugar las sandalias sobre el abismo. Naturalmente, todo esto lo había conquistado Subercasaux en etapas sucesivas y con las correspondientes angustias.

—Un día se me mata un chico —decíase—. Y por el resto de mis días pasaré preguntándome si tenía razón al educarlos así.

Sí, tenía razón. Y, entre los escasos consuelos de un padre que queda solo con huérfanos, es el más grande el de poder educar a los hijos de acuerdo con una sola línea de carácter.

Subercasaux era, pues, feliz; y las criaturas sentíanse entrañablemente ligadas a aquel hombre que jugaba horas enteras con ellos, les enseñaba a leer en el suelo con grandes letras rojas y pesadas de minio, y les cosía las rasgaduras de sus bombachas con sus tremendas manos endurecidas.

De coser bolsas en el Chaco, cuando fue allá plantador de algodón, Subercasaux había conservado la costumbre y el gusto de coser. Cosía su ropa, la de sus chicos, las fundas del revólver, las velas de su canoa, todo con hilo de zapatero, y a puntada por nudo. De modo que sus camisas podían abrirse por cualquier parte, menos donde él había puesto su hilo encerado.

En punto a juegos, las criaturas estaban acordes en reconocer en su padre a un maestro —particularmente en su modo de correr en cuatro patas, tan extraordinario que los hacía enseguida gritar de risa—.

Como a más de sus ocupaciones fijas, Subercasaux tenía inquietudes experimentales, que cada tres meses cambiaban de rumbo, sus hijos, constantemente a su lado, conocían una porción de cosas que no es habitual conozcan las criaturas de esa edad. Habían visto —y ayudado a veces— a disecar animales, fabricar creolina, extraer caucho del monte para pegar sus impermeables; habían visto teñir las camisas de su padre de todos los colores, construir palancas de ocho mil kilos para estudiar cementos; fabricar superfosfatos, vino de naranja, secadora de tipo Mayfarth, y tender, desde el monte al *bungalow*, un alambre carril suspendido a diez metros del suelo, por cuyas vagonetas los chicos bajaban volando hasta la casa.

Por aquel tiempo había llamado la atención de Subercasaux un yacimiento o filón de arcilla blanca, que la última gran bajada del Yabebirí dejara a descubierto. Del estudio de dicha arcilla había pasado a las otras del país, que cocía en sus hornos de cerámica —naturalmente construidos por él—. Y si había de buscar índices de cocción, vitrificación y demás, con muestras amorfas, prefería ensayar con cacharros, caretas y animales fantásticos, en todo lo cual sus chicos lo ayudaban con gran éxito.

De noche, y en las tardes muy oscuras de temporal, entraba la fábrica en gran movimiento. Subercasaux encendía temprano el horno, y los ensayistas, encogidos por el frío y restregándose las manos, sentábanse a su calor a modelar.

Pero el horno chico de Subercasaux levantaba fácilmente mil grados en dos horas; y cada vez que a este punto se abría su puerta para alimentarlo, partía del hogar albeante un verdadero golpe de fuego que quemaba las pestañas. Por lo cual, los ceramistas retirábanse a un extremo del taller, hasta que el viento helado que se filtraba silbando por entre las tacuaras de la pared los llevaba otra vez, con mesa y todo, a caldearse de espaldas al horno.

Salvo las piernas desnudas de los chicos, que eran las que recibían ahora las bocanadas de fuego, todo marchaba bien. Subercasaux sentía debilidad por los cacharros prehistóricos; la nena modelaba con preferencia sombreros de fantasía y el varoncito hacía indefectiblemente víboras.

A veces, sin embargo, el ronquido monótono del horno no los animaba bastante, y recurrían entonces al gramófono, que tenía los mismos discos desde que Subercasaux se casó, y que los chicos habían aporreado con toda clase de púas, clavos, tacuaras y espinas que ellos mismos aguzaban. Cada uno se encargaba por turno de administrar la máquina, lo cual consistía en cambiar automáticamente de disco sin levantar siquiera los ojos de la arcilla, y reanudar enseguida el trabajo.

Cuando habían pasado todos los discos, tocaba a otro el turno de repetir exactamente lo mismo. No oían ya la música por resaberla de memoria; pero les entretenía el ruido.

A las diez, los ceramistas daban por terminada su tarea y se levantaban a proceder por primera vez al examen crítico de sus obras de arte, pues, antes de haber concluido todos, no se permitía el menor comentario. Y era de ver, entonces, el alborozo ante las fantasías ornamentales de la mujercita, y el entusiasmo que levantaba la obstinada colección de víboras del nene. Tras lo cual Subercasaux extinguía el fuego del horno, y todos de la mano atravesaban corriendo la noche helada hasta su casa.

Tres días después del paseo nocturno que hemos contado, Subercasaux quedó sin sirvienta; y este incidente, ligero y sin consecuencias en cualquier otra parte, modificó hasta el extremo la vida de los tres desterrados.

En los primeros momentos de su soledad, Subercasaux había contado para criar a sus hijos con la ayuda de una excelente mujer, la misma cocinera que lloró y halló la casa demasiado sola a la muerte de su señora.

Al mes siguiente se fue, y Subercasaux pasó todas las penas para reemplazarla con tres o cuatro hoscas muchachas arrancadas al monte, y que sólo se quedaban tres días por hallar demasiado duro el carácter del patrón.

Subercasaux, en efecto, tenía alguna culpa y lo reconocía. Hablaba con las muchachas apenas lo necesario para hacerse entender; y lo que decía tenía precisión y lógica demasiado masculinas. Al barrer aquellas el comedor, por ejemplo, les advertía que barrieran también alrededor de cada pata de la mesa. Y esto, expresado brevemente, exasperaba y cansaba a las muchachas.

Por el espacio de tres meses no pudo obtener siquiera una chica que le lavara los platos. Y en estos tres meses Subercasaux aprendió algo más que a bañar a sus chicos.

Aprendió, no a cocinar, porque ya lo sabía, sino a fregar ollas con la misma arena del patio, en cuclillas y al viento helado que le amorataba las manos. Aprendió a interrumpir a cada instante sus trabajos para correr a retirar la leche del fuego o abrir el horno humeante; y aprendió también a traer de noche tres baldes de agua del pozo —ni uno menos— para lavar su vajilla.

Este problema de los tres baldes ineludibles constituyó una de sus pesadillas, y tardó un mes en darse cuenta de que le eran indispensables.

En los primeros días, naturalmente, había aplazado la limpieza de ollas y platos, que amontonaba uno al lado de otro en el suelo, para limpiarlos todos juntos. Pero después de perder una mañana entera en cuclillas raspando cacerolas quemadas —todas se quemaban—, optó por cocinar-comer-fregar, tres sucesivas cosas cuyo deleite tampoco conocen los hombres casados.

No le quedaba, en verdad, tiempo para nada, máxime en los breves días de invierno. Subercasaux había confiado a los chicos el arreglo de las dos piezas, que ellos desempeñaban bien que mal. Pero no se sentía él mismo con ánimo suficiente para barrer el patio, tarea científica, radial, circular y exclusivamente femenina, que, a pesar de saberla Subercasaux base del bienestar en los ranchos del monte, sobrepasaba su paciencia.

En esa suelta arena sin remover, convertida en laboratorio de cultivo por el tiempo cruzado de lluvias y sol ardiente, los piques se propagaron de tal modo que se los veía trepar por los pies descalzos de los chicos.

Subercasaux, aunque siempre de *stromboot*, pagaba pesado tributo a los piques. Y, rengo casi siempre, debía pasar una hora entera después de almorzar con los pies de su chico entre las manos, en el corredor salpicado de lluvia, o en el patio cegado por el sol. Cuando concluía con el varoncito, le tocaba el turno a sí mismo; y al incorporarse por fin, curvaturado, el nene lo llamaba, porque tres nuevos piques le habían taladrado a medias la piel de los pies.

La mujercita parecía inmune, por ventura; no había modo de que sus uñitas tentaran a los piques, de diez de los cuales siete correspondían de derecho al nene, y sólo tres a su padre.

Pero estos tres resultaban excesivos para un hombre cuyos pies eran el resorte de su vida montés.

Los piques son, por lo general, más inofensivos que las víboras, las uras y los mismos bariguís. Caminan empinados por la piel, y de pronto la perforan con gran rapidez, llegan a la carne viva, donde fabrican una bolsita que llenan de huevos. Ni la extracción del pique o la nidada suelen ser molestas, ni sus heridas se echan a perder más de lo necesario. Pero de cien piques limpios hay uno que aporta una infección, y cuidado entonces con ella.

Subercasaux no lograba reducir una que tenía en un dedo, en el insignificante meñique del pie derecho. De un agujerillo rosa había llegado a una grieta tumefacta y dolorosísima que bordeaba la uña. Yodo, bicloruro, agua oxigenada, formol, nada había dejado de probar. Se calzaba, sin embargo, pero no salía de casa; y sus inacabables fatigas de monte se reducían ahora, en las tardes de lluvia, a lentos y taciturnos paseos alrededor del patio, cuando al entrar el sol el cielo se despejaba, y el bosque, recortado a contraluz como sombra chinesca, se aproximaba en el aire purísimo hasta tocar los mismos ojos.

Subercasaux reconocía que en otras condiciones de vida habría logrado vencer la infección, la que sólo pedía un poco de descanso. El herido dormía mal, agitado por escalofríos y vivos dolores en las altas horas. Al rayar el día, caía por fin en un sueño pesadísimo, y en ese momento hubiera dado cualquier cosa por quedar en cama hasta las ocho, siquiera. Pero el nene seguía en invierno tan madrugador como en verano y Subercasaux se levantaba achuchado a encender el Primus y preparar el café. Luego el almuerzo, el restregar ollas. Y por diversión, al mediodía, la inacabable historia de los piques de su chico.

—Esto no puede continuar así —acabó por decirse Subercasaux—. Tengo que conseguir a toda costa una muchacha.

Pero ¿cómo? Durante sus años de casado esta terrible preocupación de la sirvienta había constituido una de sus angustias periódicas. Las muchachas llegaban y se iban, como lo hemos dicho, sin decir por qué —y esto cuando había una dueña de casa—.

Subercasaux abandonaba todos sus trabajos y por tres días no bajaba del caballo, galopando por las picadas desde Apariciocué a San Ignacio, tras de la más inútil muchacha que quisiera lavar los pañales. Un mediodía, por fin, Subercasaux desembocaba del monte con una aureola de tábanos en la cabeza, y el pescuezo del caballo deshilado en sangre; pero triunfante. La muchacha llegaba al día siguiente en ancas de su padre, con un atado, y al mes justo se iba con el mismo atado, a pie. Y Subercasaux dejaba otra vez el machete o la azada para ir a buscar su caballo, que ya sudaba al sol sin moverse.

Malas aventuras aquellas, que le habían dejado un amargo sabor y que debían comenzar otra vez. ¿Pero hacia dónde?

Subercasaux había ya oído en sus noches de insomnio el tronido lejano del bosque, abatido por la lluvia. La primavera suele ser seca en Misiones, y muy lluvioso el invierno. Pero, cuando el régimen se invierte —y esto es siempre de esperar en el clima de Misiones—, las nubes precipitan en tres meses un metro de agua, de los mil quinientos milímetros que deben caer en el año.

Hallábanse ya casi sitiados. El Horqueta, que corta el camino hacia la costa del Paraná, no ofrecía entonces puente alguno, y sólo daba paso en el vado carretero, donde el agua caía en espumoso rápido sobre piedras redondas y movedizas, que los caballos pisaban estremecidos. Esto, en tiempos normales; porque, cuando el riacho se ponía a recoger las aguas de siete días de temporal, el vado quedaba sumergido bajo cuatro metros de agua veloz, estirada en hondas líneas que se cortaban y enroscaban de pronto en un remolino. Y los pobladores del Yabebirí, detenidos a caballo ante el pajonal inundado, miraban pasar venados muertos, que iban girando sobre sí mismos. Y así por diez o quince días.

El Horqueta daba aún paso cuando Subercasaux se decidió a salir; pero, en su estado, no se atrevía a recorrer a caballo tal distancia. Y en el fondo, hacia el arroyo del Cazador, ¿qué podía hallar?

Recordó entonces a un muchachón que había tenido una vez, listo y trabajador como pocos, quien le había manifestado riendo, el mismo día de llegar, y mientras fregaba una sartén en el suelo, que él se quedaría un mes, porque su patrón lo necesitaba; pero ni un día más, porque ese no era un trabajo para hombres.

El muchacho vivía en la boca del Yabebirí, frente a la isla del Toro; lo cual representaba un serio viaje, porque si el Yabebirí se desciende y se remonta jugando, ocho horas continuas de remo aplastan los dedos de cualquiera que ya no está en tren.

Subercasaux se decidió, sin embargo. Y, a pesar del tiempo amenazante, fue con sus chicos hasta el río, con el aire feliz de quien ve por fin el cielo abierto. Las criaturas besaban a cada instante la mano de su padre, como era hábito en ellos cuando estaban muy contentos. A pesar de sus pies y el resto, Subercasaux conservaba todo su ánimo para sus hijos, pero para estos era cosa muy distinta atravesar con su piapiá el monte enjambrado de sorpresas, y correr luego descalzos a lo largo de la costa sobre el barro caliente y elástico del Yabebirí.

Allí los esperaba lo ya previsto: la canoa llena de agua, que fue preciso desagotar con el achicador habitual, y con los mates guardabichos que los chicos llevaban siempre en bandolera cuando iban al monte.

La esperanza de Subercasaux era tan grande que no se inquietó lo necesario ante el aspecto equívoco del agua enturbiada, en un río que habitualmente da fondo claro a los ojos hasta dos metros.

"Las lluvias —pensó— no se han obstinado aún con el sudeste... Tardará un día o dos en crecer".

Prosiguieron trabajando. Metidos en el agua a ambos lados de la canoa, baldeaban de firme. Subercasaux, en un principio, no se había atrevido a quitarse las botas, que el lodo profundo retenía, al punto de ocasionarle buenos dolores arrancar el pie. Descalzose, por fin, y, con los pies libres y hundidos como cuñas en el barro pestilente, concluyó de agotar la canoa, la dio vuelta y le limpió los fondos, todo en dos horas de febril actividad. Listos por fin, partieron. Durante una hora, la canoa se deslizó más velozmente de lo que el remero hubiera querido.

Remaba mal, apoyado en un solo pie, y el talón desnudo herido por el filo del soporte. Y asimismo avanzaba a prisa, porque el Yabebirí corría ya. Los palitos hinchados de burbujas, que comenzaban a orlear los remansos, y el bigote de las pajas atracadas en un raigón, hicieron por fin comprender a Subercasaux lo que iba a pasar si demoraba un segundo en virar de proa hacia su puerto.

Sirvienta, muchacho —¡descanso, por fin!...—, nuevas esperanzas perdidas. Remó, pues, sin perder una palada. Las cuatro horas que empleó en remontar, torturado de angustias y fatiga, un río que había descendido en una hora, bajo una atmósfera tan enrarecida, que la respiración anhelaba en vano, sólo él pudo apreciarlas a fondo. Al llegar a su puerto, el agua espumosa y tibia había subido ya dos metros sobre la playa. Y por la canal bajaban a medio hundir ramas secas, cuyas puntas emergían y se hundían balanceándose.

Los viajeros llegaron al *bungalow* cuando ya estaba casi oscuro, aunque eran apenas las cuatro, y a tiempo que el cielo, con un solo relámpago desde el cenit al río, descargaba por fin su inmensa provisión de agua. Cenaron enseguida y se acostaron rendidos, bajo el estruendo del cinc, que el diluvio martilló toda la noche con implacable violencia.

Al rayar el día, un hondo escalofrío despertó al dueño de casa. Hasta ese momento había dormido con pesadez de plomo. Contra lo habitual, desde que tenía el dedo herido, apenas le dolía el pie, no obstante las fatigas del día anterior. Echose encima el impermeable tirado en el respaldo de la cama, y trató de dormir de nuevo.

Imposible. El frío lo traspasaba. El hielo interior irradiaba hacia afuera, a todos los poros convertidos en agujas de hielo erizadas, de lo que adquiría noción al mínimo roce con su ropa. Apelotonado, recorrido a lo largo de la médula espinal por rítmicas y profundas corrientes de frío, el enfermo vio pasar las horas sin lograr calentarse. Los chicos, felizmente, dormían aún.

—En el estado en que estoy, no se hacen pavadas como la de ayer —se repetía—. Estas son las consecuencias.

Como un sueño lejano, como una dicha de inapreciable rareza que alguna vez poseyó, se figuraba que podía quedar todo el día en cama, caliente y descansado, por fin, mientras oía en la mesa el ruido de las tazas de café con leche que la sirvienta —aquella primera gran sirvienta— servía a los chicos.

—¡Quedar en cama hasta las diez, siquiera!... —En cuatro horas pasaría la fiebre, y la misma cintura no le dolería tanto... ¿Qué necesitaba en suma para curarse? Un poco de descanso, nada más. Él mismo se lo había repetido diez veces...

Y el día avanzaba, y el enfermo creía oír el feliz ruido de las tazas, entre las pulsaciones profundas de su sien de plomo. ¡Qué dicha oír aquel ruido!... Descansaría un poco, por fin...

—¡Piapiá!

—Mi hijo querido...

—¡Buen día, piapiacito adorado! ¿No te levantaste todavía? Es tarde, piapiá.

—Sí, mi vida, ya me estaba levantando.

Y Subercasaux se vistió a prisa, echándose en cara su pereza que lo había hecho olvidar del café de sus hijos.

El agua había cesado, por fin, pero sin que el menor soplo de viento barriera la humedad ambiente.

A mediodía la lluvia recomenzó, la lluvia tibia, calma y monótona, en que el valle de Horqueta, los sembrados y los pajonales se diluían en una brumosa y tristísima napa de agua. Después de almorzar, los chicos se entretuvieron en rehacer su provisión de botes de papel que habían agotado la tarde anterior. Hacían cientos de ellos, que acondicionaban unos dentro de otros como cartuchos, listos para ser lanzados en la estela de la canoa, en el próximo viaje. Subercasaux aprovechó la ocasión para tirarse un rato en la cama, donde recuperó enseguida su postura de gatillo, manteniéndose inmóvil con las rodillas subidas hasta el pecho. De nuevo, en la sien, sentía un peso enorme que la adhería a la almohada, al punto que esta parecía formar parte integrante de su cabeza. ¡Qué bien estaba así! ¡Quedar uno, diez, cien días sin moverse! El murmullo monótono del agua en el cinc lo arrullaba, y en su rumor oía distintamente, hasta arrancarle una sonrisa, el tintineo de los cubiertos que la sirvienta manejaba a toda prisa en la cocina. ¡Qué sirvienta la suya!... Y oía el ruido de los platos, docenas de platos, tazas y ollas que las sirvientas —¡eran diez ahora!— raspaban y frotaban con rapidez vertiginosa. ¡Qué gozo de hallarse bien caliente, por fin, en la cama, sin ninguna, ninguna preocupación!...

¿Cuándo, en qué época anterior había él soñado estar enfermo, con una preocupación terrible?... ¡Qué zonzo había sido!... Y qué bien se está así, oyendo el ruido de centenares de tazas limpísimas.

—¡Piapiá!

—Chiquita...

—¡Ya tengo hambre, piapiá!

—Sí, chiquita; enseguida...

Y el enfermo se fue a la lluvia a aprontar el café a sus hijos.

Sin darse cuenta precisa de lo que había hecho esa tarde, Subercasaux vio llegar la noche con hondo deleite. Recordaba, sí, que el muchacho no había traído esa tarde la leche, y que él había mirado un largo rato su herida, sin percibir en ella nada de particular. Cayó en la cama sin desvestirse siquiera; y en breve tiempo la fiebre lo arrebató otra vez. El muchacho que no había llegado con la leche... ¡Qué locura!... Se hallaba ahora bien, bien; descansado.

Con sólo unos días más de descanso, con unas horas, nada más, se curaría. ¡Claro! ¡Claro!... Hay una justicia a pesar de todo... Y también un poquito de recompensa... para quien había querido a sus hijos como él... Pero se levantaría sano. Un hombre puede enfermarse a veces y necesitar un poco de descanso. ¡Y cómo descansaba ahora, al arrullo de la lluvia en el cinc!... ¿Pero no habría pasado un mes ya?... Debía levantarse.

El enfermo abrió los ojos. No veía sino tinieblas, agujereadas por puntos fulgurantes que se retraían e hinchaban alternativamente, avanzando hasta sus ojos en velocísimo vaivén.

—Debo tener fiebre muy alta —se dijo el enfermo.

Y encendió sobre el velador el farol de viento. La mecha, mojada, chisporroteó largo rato, sin que Subercasaux apartara los ojos del techo. De lejos, lejísimo, llegábale el recuerdo de una noche semejante en que él se hallaba muy, muy enfermo... ¡Qué tontería!... Se hallaba sano, porque cuando un hombre nada más que cansado tiene la dicha de oír desde la cama el tintineo vertiginoso del servicio en la cocina, es porque la madre vela por sus hijos…

Despertose de nuevo. Vio de reojo el farol encendido y tras un concentrado esfuerzo de atención recobró la conciencia de sí mismo.

En el brazo derecho, desde el codo a la extremidad de los dedos, sentía ahora un dolor profundo. Quiso recoger el brazo y no lo consiguió. Bajó el impermeable, y vio su mano lívida, dibujada de líneas violáceas, helada, muerta. Sin cerrar los ojos, pensó un rato en lo que aquello significaba dentro de sus escalofríos y del roce de los vasos abiertos de su herida con el fango infecto del Yabebirí, y adquirió entonces, nítida y absoluta, la comprensión definitiva de que todo él también se moría, que se estaba muriendo.

Hízose en su interior un gran silencio, como si la lluvia, los ruidos y el ritmo mismo de las cosas se hubieran retirado bruscamente al infinito. Y, como si estuviera ya desprendido de sí mismo, vio, a lo lejos de un país, un *bungalow* totalmente interceptado de todo auxilio humano, donde dos criaturas, sin leche y solas, quedaban abandonadas de Dios y de los hombres en el más inicuo y horrendo de los desamparos.

Sus hijitos…

Con un supremo esfuerzo pretendió arrancarse a aquella tortura que le hacía palpar hora tras horas, día tras día, el destino de sus adoradas criaturas. Pensaba en vano: la Vida tiene fuerzas superiores que se nos escapan… Dios provee…

"¡Pero no tendrán qué comer!", gritaba tumultuosamente su corazón. Y él quedaría allí mismo muerto, asistiendo a aquel horror sin precedentes...

Mas, a pesar de la lívida luz del día que reflejaba la pared, las tinieblas recomenzaban a absorberlo otra vez con sus vertiginosos puntos blancos, que retrocedían y volvían a latir en sus mismos ojos... ¡Sí! ¡Claro! ¡Había soñado! No debería ser permitido soñar tales cosas... Ya se iba a levantar, descansado.

—¡Piapiá! ¡Piapiá!... ¡Mi piapiacito querido!

—Mi hijo...

—¿No te vas a levantar hoy, piapiá? Es muy tarde. ¡Tenemos mucha hambre, piapiá!

—Mi chiquito... No me voy a levantar todavía... Levántense ustedes y coman galleta... Hay dos todavía en la lata... Y vengan después.

—¿Podemos entrar ya, piapiá?

—No, querido mío... Después haré el café... Yo los voy a llamar.

Oyó aún las risas y el parloteo de sus chicos que se levantaban, y después un rumor *in crescendo*, un tintineo vertiginoso que irradiaba desde el centro de su cerebro e iba a golpear en ondas rítmicas contra su cráneo dolorosísimo. Y nada más oyó.

Abrió otra vez los ojos, y al abrirlos sintió que su cabeza caía hacia la izquierda con una facilidad que lo sorprendió. No sentía ya rumor alguno. Sólo una creciente dificultad sin penurias para apreciar la distancia a que estaban los objetos... Y la boca muy abierta para respirar.

—Chiquitos... vengan enseguida...

Precipitadamente, las criaturas aparecieron en la puerta entreabierta; pero, ante el farol encendido y la fisonomía de su padre, avanzaron mudos y los ojos muy abiertos.

El enfermo tuvo aún el valor de sonreír, y los chicos abrieron más los ojos ante aquella mueca.

—Chiquitos —les dijo Subercasaux, cuando los tuvo a su lado—. Oíganme bien, chiquitos míos, porque ustedes son ya grandes y pueden comprender todo... Voy a morir, chiquitos... Pero no se aflijan... Pronto van a ser ustedes hombres, y serán buenos y honrados... Y se acordarán entonces de su piapiá... Comprendan bien, mis hijitos queridos... Dentro de un rato me moriré, y ustedes no tendrán más padre... Quedarán solitos en casa... Pero no se asusten ni tengan miedo... Y ahora, adiós, hijitos míos... Me van a dar ahora un beso... Un beso cada uno... Pero ligero, chiquitos... Un beso... a su piapiá...

Las criaturas salieron sin tocar la puerta entreabierta y fueron a detenerse en su cuarto, ante la llovizna del patio. No se movían de allí. Solo la mujercita, con una vislumbre de la extensión de lo que acababa de pasar, hacía a ratos pucheros con el brazo en la cara, mientras el nene rascaba distraído el contramarco, sin comprender.

Ni uno ni otro se atrevían a hacer ruido. Pero tampoco les llegaba el menor ruido del cuarto vecino, donde desde hacía tres horas su padre, vestido y calzado bajo el impermeable, yacía muerto a la luz del farol.

(1923)

La señorita leona

Una vez que el hombre, débil, desnudo y sin garras, hubo dominado a los demás animales por el esfuerzo de su inteligencia, llegó a temer por el destino de su especie.

Había alcanzado ya entonces las más altas cumbres del pensamiento y de la belleza. Pero por bajo de estos triunfos exclusivamente mentales, obtenidos a costa de su naturaleza original, la especie se moría de anemia. Tras esa lucha sin tregua, en que el intelecto había agotado cuanto de dialéctica, sofismas, emboscadas e insidias caben en él, no quedaba al alma humana una gota de sinceridad. Y, para devolver a la raza caduca su frescura primordial, los hombres meditaron introducir en la ciudad, criar y educar entre ellos, a un ser que les sirviera de viviente ejemplo: un león.

La ciudad de que hablamos estaba naturalmente rodeada de murallas. Y desde lo alto de ellas los hombres miraban con envidia a los animales de frente en fuga y sangre copiosísima correr en libertad.

Una diputación fue, pues, al encuentro de los leones y les habló así:

—Hermanos: Nuestra misión es hoy de paz. Óigannos bien y sin temor alguno. Venimos a solicitar de ustedes una joven leona para educarla entre nosotros. Nosotros daremos en rehén un hijo nuestro, que ustedes a su vez criarán. Deseamos criar una joven leona desde los primeros días. Nosotros la educaremos, y el ejemplo de su fortaleza aprovechará a nuestros hijos. Cuando ambos sean mayores, decidirán libremente de su destino.

Largas horas los leones meditaron con ojos oblicuos ante aquella franqueza inhabitual. Al fin accedieron; y en consecuencia se internaron en el desierto con un hombrecito de tres años que acompañaban con lento paso, mientras los hombres retornaban a la ciudad llevando con exquisito cuidado en brazos a una joven leona, tan joven que esa mañana había abierto las pupilas, y fijaba en los hombres que la cargaban, uno tras otro, la mirada clarísima y vacía de sus azules ojos.

Un día hablaremos del hombrecito. En cuanto a la leona, no hay ponderación bastante para los cuidados que se le prodigaron. La ciudad entera veía en el débil ser como un extraño y divino Mesías, del que esperaban su salvación.

Se crio y educó a la salvaje y tierna pupila con el corazón palpitante de amor. No informaban las gacetas de la salud del rey con tanta solicitud como de los progresos de la joven fiera. Ni los filósofos y retóricos se esforzaron nunca en iniciar una alma como aquella en los divinos misterios de su arte. Ciencia, corazón, poesía, todo se esperaba de ella. Y, cuando la señorita leona vistió su primer traje largo para ser presentada oficialmente a la ciudad, los periódicos interpretaron fielmente, en sus crónicas exaltadas, el corazón del pueblo.

La joven leona aprendió a hablar, a moderar sus movimientos, a sonreír. Aprendió a vestir ropas humanas, a sonrojarse, a meditar con la barbilla en la mano. Aprendió cuanto puede y debe aprender, una hermosísima hija de los hombres. Pero lo que aprendió, sobre todas las cosas, fue el divino arte del canto.

No podemos nosotros darnos ahora cuenta cabal de la seducción, del chic y la gracia de una joven leona vestida como una hija de los hombres, que debuta en un salón, sonrojada de timidez.

Porque nunca, en efecto, las más íntimas finuras del corazón humano habían hallado tal órgano de expresión vocal. ¿Fluidez de un alma virgen, sorprendida por la poesía desde su primer albor? ¡Quién lo sabe! Y nadie menos que la divina criatura, pues es ocioso advertir que la educación había hecho de ella una humana adolescente, con todas las ideas, ternuras y modalidades de la mujer.

Entre tanto, como en los tiempos de su primera infancia, la señorita leona solicitaba sobre sí la atención pública. Era ella la esperanza de todo un pueblo, cada anuncio de un concierto suyo despertaba en el corazón de la ciudad tumultuosas albricias.

Ya desde la primera nota, los habitantes reconocían estremecidos su propia alma humana exhalada en aquella voz. ¿Cómo la salvaje criatura podía expresar así, mejor que ellos mismos, el lirismo, las esperanzas y los sollozos de un alma ajena a ella?

"Un alma que no poseía…"

Esta llegó a ser, poco a poco, la impresión en la ciudad… Reconocíasele supremo arte; pero no era la asimilación de sus ensueños lo que los hombres habían buscado al criar en su seno a la joven leona. No. Esperaban de ella frescura ingénita, sinceridad salvaje, grito de libertad —cuanto en suma había perdido el alma humana en su extenuante correría mental—.

Exclusivamente "humana": tal era la excelencia de su voz. Y se le exigía más que esto.

También a este respecto las gacetas expresaron el sentimiento general:

Un nuevo triunfo alcanzó anoche en su concierto la suprema artista, y no podríamos ahora sino repetir las alabanzas constantemente prodigadas en su honor. Sin embargo, interpretando la impresión popular, siempre tan ferozmente adicta a nuestra pupila, procede declarar que desearíamos oír en su divina voz una nota, una sola nota de íntima frescura que acuse su personalidad. Ni uno solo de sus más hondos acentos nos es desconocido. Hasta hoy, la eximia artista ha interpretado magistralmente al alma humana; pero nada más que esto. Sobrada "humanidad" nos atreveríamos a decir. El fresco y libre grito de su alma

extraña, sincero y sin trabas, es lo que aguarda-
mos ansiosos de ella.

Sin esfuerzo podemos creer que fue ese golpe el más
inesperado e injusto con que podía soñar la delicada artista.

—¿Qué he hecho —sollozaba— para que me traten así?

—No tiene usted la culpa —consolábanla—. Su voz
es siempre tan pura como su corazón, y todos sufrimos
ahora como ayer su encanto. Pero... tiene alguna razón el
pueblo. Usted canta adorablemente; mas la pasión de su
voz es la de una mujer.

—¡Pero yo soy mujer! —lloraba la desconsolada criatura.

Temblando de emoción subió al estrado de su nuevo
concierto. Mas por bajo de los aplausos correctísimos de
siempre, pudo sentir el corazón retraído de la ciudad.

—¿Cómo es posible —le observaron— que no nos dé
usted una nota agreste de la inmensa y libre expresión,
el salvaje acento de su raza, y que nuestra especie ha gas-
tado ya e ignora desde miles de años? Déjese ir libremente por sus ensueños cuando cante; olvide todo lo que ha
aprendido de nosotros, y nos dará usted una pura y suprema nota de arte.

—No... No puedo... ¡No puedo...! —sacudía la cabeza
la artista.

La ciudad entera acudió otra vez a oír a la joven, ante
la esperanza de un milagro; sabíase la ardiente solicitud
que la rodeaba.

Trémula e incierta, la joven comenzó a cantar. Sintió, mientras cantaba, el aliento de la ciudad suspenso de su voz, y recordó las esperanzas en ella cifradas. Cerrando los ojos, borró con supremo esfuerzo de su memoria la hora presente; un soplo cálido barrió su alma como un vendaval, y la joven volcó en una nota suprema la pasión despertada.

La sala quedó helada: aquella nota de pasión había sido un "rugido". Pura e incontestablemente, la joven había rugido.

Más sorprendida y espantada de su propia voz que todos:

—Lo hice sin querer... —sollozaba— ¡No sé qué me pasó...!

Si bien mortalmente desengañada de la artista, la ciudad ofreciole, en un concierto extraordinario, la ocasión de echar un velo sobre aquella infausta velada. Pero cuando la cantante, dominada por su arte, tornó a abrir cuan grandes eran las aherrojadas puertas de su alma, rugió otra vez.

Ya no era posible más. La ciudad deliberó —si bien con el corazón desgarrado— fríamente:

Lamentamos haber puesto en un ser ajeno a nosotros las esperanzas de nuestra raza. Hemos criado, con más calor que a nuestros propios hijos, una criatura extraña. Hemos infundido en su alma las más excelsas cualidades del alma humana. Y cuando hemos exigido de su voz la suprema nota de sinceridad y frescura… ha rugido.

Y acompañaron hasta las puertas de la ciudad a la pobre criatura, que caía a cada instante implorando piedad con las manos juntas.

Ya había cerrado la noche. La joven caminó como una autómata, internándose en el desierto, hasta que el viento caliente que pasaba en la oscuridad azotándole los cabellos le hizo abrir los ojos. Su nariz dilatose entonces ampliamente a los vahos agrestes que le llegaban sin roces quién sabe desde dónde y, deteniéndose, vuelta a la ciudad, se desvistió. Quitose el traje, todo cuanto había disimulado hasta ese instante su condición primera, hasta quedar desnuda. Y, plantándose entonces con la cola rígida y los duros ojos fosforescentes, la leona rugió.

Durante largo rato, sola y como alargada por la tensión de sus ijares, rugió hacia la ciudad decrépita, hundiendo los flancos hasta el esqueleto, como si en cada rugido cantara, libre y sin trabas por fin, la voz pura y profunda de sus entrañas vírgenes.

(1923)

La bella y la bestia

Señorita escritora desea sostener correspondencia litera-
ria con colegas. X.X. 17, oficinas de este diario.

Ça y est. La escritora soy yo.

He pensado mucho tiempo antes de dar este paso. No es la inconveniencia de un carteo anónimo, como pudiera creerse, lo que hasta hoy me ha contenido. A Dios gracias, estoy por encima de estas pequeñeces. Pero son las consecuencias del carteo lo que me inquieta.

Por regla general, y para una mujer sensible, el hombre es mucho más peligroso escribiendo que hablando. Es diez veces más elocuente. Halla notas de dulzura que no sé de dónde saca. No impone con su presencia masculina. No mira: frente a una mujer agradable, la mirada del hombre más cauto es un insulto.

Esto, en general. En particular, solamente una especie de hombres es capaz de hablar como escribe; y estos son los literatos. La parte del alma femenina que hay en cada escritor le da un tacto que ellos nunca apreciarán en su valor debido. Conocen nuestras debilidades; valoran como en sí mismos la plenitud de nuestras alegrías y el vacío absoluto de nuestras inquietudes. Llegan a nuestro espíritu sin rozarnos la carne. Entre todos los hombres, ellos exclusivamente saben hacerse perdonar el ser varones. La grosería masculina... Sin la chispa de ideal que hace de un patán un poeta, las mujeres hubiéramos vuelto a las cavernas o nos habríamos suicidado.

Sentimiento, ternura, delicadeza de los hombres... ¡Bah! Si me atreviera a definir el amor, diría que en nosotras es una esperanza, y en ellos una necesidad.

Ante esta evidencia no valdría la pena continuar viviendo, si de vez en cuando el Señor no depusiera desnudito en los brazos de una madre una pequeña cosa que será luego un gran poeta.

¡Dios mío! ¡Mas cómo cuesta hallarlos! Conozco a todos por fotografía y algunos de cerca. ¡Pero qué fugaz este *cerca*! La madre de Dora me insta siempre a que vaya a su casa los miércoles. Su sala es un verdadero salón literario, como los había en los divinos tiempos de la princesa Matilde. Allí podré hablar con ellos, deleitarme con su conversación, gozar el abandono de entregarles, con el alma, la vida entera de un instante.

¿Por qué no voy? Desde que comencé este diario he sentido que más temprano o más tarde debía anotar esta circunstancia... enojosa. Deseo que no se equivoquen sobre mí: me siento muy halagada de ser muy joven, y tan bella de rostro como de figura, al decir de todos. No es, pues, la hipocresía mi principal defecto. Pero de mí se desprende, a lo que parece, una seducción particular, una atracción honda y ciega más fuerte que mi belleza misma y profundamente... turbadora.

—Tu alma es pura como un lirio —me ha dicho una vez mi tía—. Pero tu destino es más fatal: enloquecer a los hombres.

—¡Pero qué hay en mí, tía! —he sollozado casi—. ¡Yo no tengo el tipo provocador!

—¡Todo lo contrario! Pero por no haber en ti pizca de provocación, atraes como el abismo. No son tan tontos los hombres.

¡Dios mío! ¿Qué hacer? Por todas partes, en todos los amigos que he tratado, en todos los hombres que he conocido, la misma torpeza material, la misma grosera incomprensión del alma femenina. Creen que una sola cosa les basta para conquistar nuestra finísima sensibilidad: el ser hombres. ¡Y qué orgullosos se sienten de ello!

Cuando Dios hizo a la mujer, arrojó la llave de oro de su espíritu al misterio. El primer poeta suicida la halló dentro de su ataúd; y desde entonces los escritores, dueños exclusivos de ella, se la pasan de unos a otros.

Yo no sé cómo se llama el artista que hoy la posee; pero voy a él, confiada.

He mostrado a mi tía el aviso que envié esta mañana al diario. Se ha puesto los lentes, no tanto para leer como para mirarme por encima de ellos.

—¿Y has pensado en el peligro de que alguno te guste... no espiritualmente? —me ha dicho.

—¡Oh, tía! —he respondido sentándome en el brazo del sillón a abrazarla—. Si es un escritor, ¡soy toda suya!

Puedo llegar a ser el hombre más feliz de la tierra. ¡Acabo de hallarla por fin, cuando había perdido todas las esperanzas! Nadie puede hacerse una idea de lo que es tener por fin a tiro a una chica monísima que nos ha enloquecido ya al pasar. Pregunté por ella tres meses seguidos; todo en vano. Y he aquí que la encuentro cuando menos lo esperaba, en los miércoles de una casa de familia.

La casualidad me pone en contacto, apenas adentro, con la señora de Morán, que me profesa cordial estimación. ¡Y es tía suya!

—Magnífico —le digo—; usted me va a hacer un favor muy grande. Preséntemela.

—¿Le gusta?

—Locamente.

—Pierda entonces las esperanzas. No es para usted.

—¿Por qué? Yo no soy acabadamente vil.

—Usted es encantador; pero no es el hombre que va a llamar al corazón de Mechita.

—¡Diablo! ¿Tan inconquistable es?

—Para usted, inmensamente.

Mi amiga no parece bromear. Yo murmuro: "¿De veras?", con acento tan grave y aire seguramente tan desconsolado, que la señora se apiada después de medirme un rato en silencio.

—Yo quiero locamente a Mechita, pero también lo estimo mucho a usted. ¿Está seguro de poder hacerla feliz un día?

¡Diablo de Mechita! Ante tanta solemnidad y la exaltación superhumana que de Mechita se hace, pregunto atemorizado:

—¿Pero ella es una mujer... como todas?

—No sea loco —me responde mi amiga—. Quiero decir, si usted es capaz de enamorarse... de su espíritu.

—Si posee de espíritu una centésima parte de su encanto físico, me caso mañana mismo.

—Eso ya lo verá usted. Por estimarlo como lo estimo, voy a ser infiel a Mechita. Acérquese más y escuche.

Y con la sorpresa del caso, se me confía el secreto de cierto aviso que debe aparecer en un diario, a fin de que yo tome las medidas que crea más convenientes.

ELLA

Ya está. Éxito completo. He recibido ocho respuestas, ocho espirituales cartas en papel de esquela. Tres tienen monograma, y cuatro comienzan como las nuestras, por la última página.

¡Pero qué cartas! ¡Dios mío! Si yo hubiera nacido hombre y poeta, creo que no hubiera tenido la finura de ellos.

¿Ellos? Todos no. Siete cartas son iguales, pero la última es un enigma. Primero de todo, escrita en una vulgar hoja de bloc. Segundo, da la impresión más acabada de que su autor no tiene idea de lo que es una corresponden-

cia literaria: "*... en la medida de mis fuerzas, me desempeña-*
ré gustoso, tratando de halagar a usted...".

¡Qué estilo! "Tratando de halagarme...". Su autor tiene vocación de artista, pues cree serlo; pero nada más, el
pobrecito...

He dejado pasar diez días sin contestar a ninguna.
Véase por qué:

Los literatos, debido a la prodigalidad de sus sentimientos, reciben cartas femeninas no siempre inspira-
das en una emoción artística. El menos avisado de mis
ocho escritores no ha dejado de sospechar en mí un lazo
de este género. Ante mi silencio algunos perderán toda
esperanza, y otros volverán a escribirme; pero el tono de
sus cartas me indicará nítidamente a los que persisten en
error.

Pues bien: me he equivocado. Los siete escritores de
verdad han vuelto a ofrecerme su correspondencia espi-
ritual, con la misma finura y las mismas hermosísimas
frases de la primera vez. Sólo el octavo, el fresco señor
del papel de bloc, no ha dado señales de vida.

He estado a punto de reírme sola. ¿Qué pensará el
buen hombre? Se ha resentido ante mi silencio, con seguridad. ¡Pero tampoco sospechó en mí una correspondencia extraartística, pues de ser así hubiera insistido!
En fin, no creo haber perdido nada.

¡Un mes de carteo ya! ¿Fui yo, en verdad, la que buscó para alimento de su alma la palabra mágica de un literato? Comprensión, exquisitez, soplo anímico, caricia ideal… ¡Dios mío! ¡Todo, todo lo poseo de ellos! ¡Y me siento tan, tan vacía!

Al concluir de leer una tras otra las siete cartas, tengo siempre la sensación de ser toda yo, hasta lo más íntimo de mi ser, algo dulce; pero apenas dulce, ¡de una levísima dulzura que se torna ansiosa de ser concretamente dulce! Paréceme que floto, sin lograr asentarme en tierra. Toco las cosas, y es como, si en pos de haber sufrido mi contacto, huyeran de mí. ¡Y este estado de beatitud aplastada en que quiero sentirme! ¡Y esta ansia de dulzura definitiva que voy a alcanzar y me huye siempre!

A veces, cuando concluyo de contestar las siete cartas, pienso en aquel original del bloc. ¿Qué podía haberme escrito? Vulgaridades sin nombre… pero me hubieran hecho reír. ¡Pobre señor! Continúa resentido conmigo.

¿Y si le escribiera de nuevo? Con seguridad no se vio nunca tan halagado.

Anoche le envié dos líneas. He aquí su respuesta:

Señorita: usted me pregunta por qué no le escribí más. El motivo es haberme dado cuenta, después de contestar a su carta, que yo no había entendido bien. Usted hablaba de correspondencia literaria. Y yo no soy literato. En la seguridad que usted sabrá disculparme mi error, la saluda atte…

No está mal, ¿verdad? Podía, sin embargo, haberse excusado de no ser literato: "... darme cuenta '*que*'... disculparme '*mi*' error..."

¡Pero por inculto que sea no puede ignorar lo que es una correspondencia literaria! ¿Con qué objeto, pues, se hizo al principio el tontillo, para encerrarse luego en su feroz silencio?

¡Ah! Y siempre su poética hoja de bloc.

¡Qué sueño! Soñé anoche que un desconocido se acercaba a mi lecho y me susurraba al oído: "Te está engañando. Los otros son literatos; pero el literato verdadero es él".

He comprendido, con la brusca revelación de la verdad, el porqué de mi oculta predilección. ¡Pero sí, sin duda alguna! ¡Se ha disimulado, se ha disfrazado bajo su estilo comercial! ¡Cómo no lo sospeché antes! Ahora se explica su actitud toda.

¡Ah, muy bien! Pierda usted cuidado, señor escritor. ¡Es usted mal psicólogo, si cree que le voy a dar el gusto de halagar su vanidad, reconociéndolo poeta!

Señor: A pesar de todo, ¿tendría la amabilidad de perder el tiempo cambiando impresiones conmigo? Se considerará muy honrada SS...

Señorita: No alcanzo a comprender qué interés puede usted tener en cambiar impresiones conmigo, pues, como ya se lo he dicho, no soy literato. Impresiones que puedan entretener a usted no tengo ninguna.

Creyendo así haber satisfecho cumplidamente sus deseos, la saludo atte…

¿Ah, sí? ¿Cree usted así como así, señor literato sutil, haber satisfecho mis deseos? Lea usted esta cartita:

Señor: Confieso también que me equivoqué al juzgar a usted escritor un pequeño instante. Con este doble error, doy por terminada esta efímera correspondencia.

El yerro fue sólo mío. Pero tiene que ser muy hábil para reanudar con aires de triunfo el carteo.

¡Y no reanuda! ¡Un mes transcurrido en el más fosco silencio!

¿Me habré equivocado? ¿Será un patán como cualquiera, sin un soplo de ideal?

Pero no; habría respondido alguna grosería de despecho, pues la vanidad de los hombres vulgares, en sus pequeñas cosas, es más fuerte que la de los mismos literatos.

¿Entonces? ¿Qué pretende? ¿Burlarse de mí?

He soñado toda la noche, despertándome a cada momento. Hoy estoy quebrantada, sin gusto para pensar un instante en mí misma.

Dejemos. Reanudaré la correspondencia con mis siete colegas de verdad —escritores al fin—. El otro ha muerto.

Señor: ¿Ha muerto usted? Le hago esta pregunta, movida por la más estricta curiosidad.

A lo que ha respondido:

Señorita: No he muerto todavía. Si lo que usted quiere preguntar, en su cartita de ayer, es el porqué de mi silencio, le recordaré que fue usted quien lo impuso, y no yo. ¿Está usted satisfecha?

Seis horas después, debe haberle llegado esta sola línea mía:

Yo no. ¿Y usted?

Y él, enseguida:

Yo, tampoco.

¡Pero qué trabajo! ¡Cuán difícil es de conquistar! ¡Dios mío! ¿Habrá sido así tan duro con todas las que le han escrito?

¡"Mi" literato! Porque en vano sus cartas, su estilo, y su vulgar claridad para explicar las cosas pretenden engañarme. ¿Quién, sino un artista, hubiera sido capaz de hallar el procedimiento para interesarme sin ofenderme? Los hombres vulgares no proceden así. Como los hombres ricos de Maeterlinck, son los eternos hambrientos sin tener necesidades.

Hace dos meses que nos escribimos.

¿Qué me dice? No sé. Nada extraordinario, ¡oh, no! Su misma constante simulada sencillez. ¡Pero cosa curiosa!

¡Sus expresiones, que en otros me parecen triviales, en él, con las mismas palabras y el mismo tono, me parecen llenas de energía!

¡Literato mío! ¡Cómo reconozco tu divina sutileza!

Mas su nombre, siempre en el misterio. He anotado la lista de los escritores del país, sin hallar el suyo. No es tampoco un seudónimo; lo conozco ya demasiado para creer eso en él. ¿Pero, entonces?

Tía se echó a reír ayer ante mi pesadumbre.

—¡Pero tía! —le digo—. ¡Es un magnífico escritor, estoy segurísima! ¡Y quiero leerlo!

—¿Y también verlo, por supuesto?

—¡Por supuesto que sí, tía!

La entero entonces de sus deseos de conocerme. ¿Me puedo arriesgar?

—¿No temes desilusionarte? —me pregunta ella.

—¿De qué? Sé que me aprecia y me respeta.

—¿Y si es feo?

—¿Muy, muy feo?

—Sí. Y que no sea literato.

—¡Oh, tía! Esto es imposible. No se puede disimular hasta ese punto la falta de literatura, sin ser literato... ¿Feo...? No importa. Yo tampoco soy linda.

Mi tía hace: "Hum... hum..." y concluye:

—Bien, Mechita: recíbelo. A los diez minutos te habrás dado cuenta de si debes o no continuar con él tu correspondencia literaria.

—¡Y sí, tiíta! ¡De no ser así, no estaría loca por conocerlo!

El martes, ¡gran día!

Esta tarde, a las seis en punto, voy a su casa. ¿Quién me lo hubiera dicho, cuando hace cuatro meses me consideraba el más infeliz de los mortales porque no podía encontrarla? Y ahora, esperándome, apoyada en treinta y tantas cartas de amistad...

He ido volando a contárselo a su señora tía.

—¡Triunfo completo! —le he dicho—. Consiente en verme.

—¡Enhorabuena! Y ahora que usted conoce su espíritu, ¿le gusta Mechita como antes?

—Estoy loco. No le puedo decir otra cosa.

—Entendámonos: ¿enamorado de su alma...?

—Sí, ¡por Dios bendito, señora! ¡De su alma, sí! A pesar de sus chifladuras literarias, tiene una cabecita muy sana. Y su cuerpo también me enloquece.

—No necesita repetirlo. En fin, que sea feliz.

—Y me voy. No sé qué será de mí, cuando se derrumben los ensueños que forjó sobre mis aficiones artísticas... Allá veremos. Pero si es verdad que yo no le disgusto, tal cual soy, y ella es tan terriblemente bella y pura como de pie en un salón, entonces. ¡Dios nos ampare!

ELLA

¡Qué alucinación! ¡Qué dos horas de vértigo! Tengo la impresión de haber llorado y reído; de haber sido molida a golpes, y haber sollozado de dicha.

¡Cuán feliz! ¡Pero cuán feliz soy!

Hace una hora que se ha ido. Llegó a las seis en punto y vino hasta mí con una franqueza irresistible desde el primer instante.

¡Amor mío! ¡Cómo hacerte comprender que ya la rectitud de tu paso me había conquistado antes de tocar tu mano!

Sin variante alguna, como lo había imaginado: trigueño, sin bigote, y sólida y blanca dentadura, bien visible, cuando ríe.

Pienso en el temor de tía: "¿Y si es feo?". Sonrío ahora.

¡Oh! Pero en el último cuarto de hora, cuando habíamos hablado y hablado y nos habíamos puesto de pie, y él me miraba un poco pálido y yo le había entregado ya mi alma, sin saber lo que hacía ni cómo lo había hecho, ¡oh, entonces no me sonreía, porque estaba segura de morir si él me apoyaba apenas un dedo en el hombro!

¡Dios mío! ¡Entre sus brazos fue donde apoyé mi cabeza desvanecida, cuando en el instante de despedirnos, me recogió bruscamente a él!

Humillación, gozo y horror de mí misma había en mis sollozos. Pero lo que sobre todo sentía era la inmensa protección de su mano alisándome el cabello y el sostén de un robusto cuerpo que me protegía toda.

Mientras estuvimos así, nada me dijo. Y él no sabrá nunca que su resolución para conquistarme no me hubiera hecho tan tiernamente suya, como su inmediato silencio.

¡Mas qué feliz ahora! ¡Y cómo me río al evocar la "tremenda catástrofe"! ¿Recuerdan ustedes la "vulgaridad de los hombres sin ideales de arte" y la "grosería de sus sentimientos"?

Así, pues, le susurré:

—Dime ahora quién eres, qué libros has escrito.

Él se echó a reír, enseñando más aún su blanca dentadura.

—Es que yo no soy escritor —me dijo—. Pero tú soñabas... y no tuve valor para desengañarte. Sería incapaz de hacer un solo verso. He tenido que trabajar siempre para ganarme la vida; y todo lo que puedo ofrecer a una mujer es un fuerte corazón... prosaico.

¡Huy, qué discurso! Él ríe aún:

—De modo que me quieres... ¿sin literatura?

—¡De cualquier manera!

—¿Y (con una insinuación a mis primeras cartas) un beso no es un grosero crimen?

—¡Oh, no!

Pero él está a punto de despertarme dolorosamente, cuando me dice:

—Olvidaremos, pues, que yo era la bestia; y tú... Recuerdo que hay un cuento para niños...

—Sí, *La belle et la bête...* —murmuro yo en francés.

Pero él agrega riendo —y sin recordar que yo estoy convaleciente:

—Eso es. Yo también sé francés, verás: *Donc,* yo soy... *la bête. ¿Et tu?*

¡Dios mío! Se dice: *et toi...* Pero bajo su boca, respondo desfallecida:

—*¡La bête, aussi...!*

(1924)

El hijo

Es un poderoso día de verano en Misiones, con todo el sol, el calor y la calma que puede deparar la estación. La naturaleza, plenamente abierta, se siente satisfecha de sí.

Como el sol, el calor y la calma ambiente, el padre abre también su corazón a la naturaleza.

—Ten cuidado, chiquito —dice a su hijo, abreviando en esa frase todas las observaciones del caso y que su hijo comprende perfectamente.

—Sí, papá —responde la criatura mientras coge la escopeta y carga de cartuchos los bolsillos de su camisa, que cierra con cuidado.

—Vuelve a la hora de almorzar —observa aún el padre.

—Sí, papá —repite el chico.

Equilibra la escopeta en la mano, sonríe a su padre, lo besa en la cabeza y parte.

Su padre lo sigue un rato con los ojos y vuelve a su quehacer de ese día, feliz con la alegría de su pequeño.

Sabe que su hijo, educado desde su más tierna infancia en el hábito y la precaución del peligro, puede manejar un fusil y cazar no importa qué.

Aunque es muy alto para su edad, no tiene sino trece años. Y parecería tener menos, a juzgar por la pureza de sus ojos azules, frescos aún de sorpresa infantil.

No necesita el padre levantar los ojos de su quehacer para seguir con la mente la marcha de su hijo. Ha cruzado la picada roja y se encamina rectamente al monte a través del abra de espartillo.

Para cazar en el monte —caza de pelo— se requiere más paciencia de la que su cachorro puede rendir.

Después de atravesar esa isla de monte, su hijo costeará la linde de cactos hasta el bañado, en procura de palomas, tucanes o tal cual casal de garzas, como las que su amigo Juan ha descubierto días anteriores.

Solo ahora, el padre esboza una sonrisa al recuerdo de la pasión cinegética de las dos criaturas. Cazan sólo a veces un yacútoro, un surucuá —menos aún— y regresan triunfales, Juan a su rancho con el fusil de nueve milímetros que él le ha regalado, y su hijo a la meseta con la gran escopeta Saint-Étienne, calibre 16, cuádruple cierre y pólvora blanca. Él fue lo mismo. A los trece años hubiera dado la vida por poseer una escopeta. Su hijo, de aquella edad, la posee ahora —y el padre sonríe—.

No es fácil, sin embargo, para un padre viudo, sin otra fe ni esperanza que la vida de su hijo, educarlo como lo ha hecho él, libre en su corto radio de acción, seguro de sus pequeños pies y manos desde que tenía cuatro años, consciente de la inmensidad de ciertos peligros y de la escasez de sus propias fuerzas.

Ese padre ha debido luchar fuertemente contra lo que él considera su egoísmo. ¡Tan fácilmente una criatura calcula mal, sienta un pie en el vacío y se pierde un hijo!

El peligro subsiste siempre para el hombre en cualquier edad; pero su amenaza amengua si desde pequeño se acostumbra a no contar sino con sus propias fuerzas.

De ese modo ha educado el padre a su hijo. Y para conseguirlo ha debido resistir no sólo a su corazón, sino a sus tormentos morales; porque ese padre, de estómago y vista débiles, sufre desde hace un tiempo de alucinaciones.

Ha visto, concretados en dolorosísima ilusión, recuerdos de una felicidad que no debía surgir más de la nada en que se recluyó. La imagen de su propio hijo no ha escapado a este tormento. Lo ha visto una vez rodar envuelto en sangre cuando el chico percutía en la morsa del taller una bala de *parabellum*, siendo así que lo que hacía era limar la hebilla de su cinturón de caza.

Horribles cosas... Pero hoy, con el ardiente y vital día de verano, cuyo amor su hijo parece haber heredado, el padre se siente feliz, tranquilo y seguro del porvenir.

En ese instante, no muy lejos, suena un estampido.

—La Saint-Étienne... —piensa el padre al reconocer la detonación—. Dos palomas de menos en el monte...

Sin prestar más atención al nimio acontecimiento, el hombre se abstrae de nuevo en su tarea.

El sol, ya alto, continúa ascendiendo. Adonde quiera que se mire —piedras, tierra, árboles—, el aire, enrarecido como en un horno, vibra con el calor.

Un profundo zumbido, que llena el ser entero e impregna el ámbito hasta donde la vista alcanza, concentra a esa hora toda la vida tropical.

El padre echa una ojeada a su muñeca: las doce. Y levanta los ojos al monte.

Su hijo debía estar ya de vuelta. En la mutua confianza que depositan el uno en el otro —el padre de sienes plateadas y la criatura de trece años—, no se engañan jamás.

Cuando su hijo responde: "Sí, papá", hará lo que dice. Dijo que volvería antes de las doce, y el padre ha sonreído al verlo partir.

Y no ha vuelto.

El hombre torna a su quehacer, esforzándose en concentrar la atención en su tarea. ¡Es tan fácil, tan fácil perder la noción de la hora dentro del monte, y sentarse un rato en el suelo mientras se descansa inmóvil…!

El tiempo ha pasado; son las doce y media. El padre sale de su taller y al apoyar la mano en el banco de mecánica sube del fondo de su memoria el estallido de una bala de *parabellum*, e instantáneamente, por primera vez en las tres horas transcurridas, piensa que tras el estampido de la Saint-Étienne no ha oído nada más. No ha oído rodar el pedregullo bajo un paso conocido. Su hijo no ha vuelto, y la naturaleza se halla detenida a la vera del bosque, esperándolo…

¡Oh! No son suficientes un carácter templado y una ciega confianza en la educación de un hijo para ahuyentar el espectro de la fatalidad que un padre de vista enferma ve alzarse desde la línea del monte. Distracción, olvido, demora fortuita: ninguno de estos nimios motivos que pueden retardar la llegada de su hijo hallan cabida en aquel corazón.

Un tiro, un solo tiro ha sonado, y hace ya mucho. Tras él, el padre no ha oído un ruido, no ha visto un pájaro, no ha cruzado el abra una sola persona a anunciarle que, al cruzar un alambrado, una gran desgracia...

La cabeza al aire y sin machete, el padre va. Corta el abra de espartillo, entra en el monte, costea la línea de cactos sin hallar el menor rastro de su hijo.

Pero la naturaleza prosigue detenida. Y, cuando el padre ha recorrido las sendas de caza conocidas y ha explorado el bañado en vano, adquiere la seguridad de que cada paso que da en adelante lo lleva, fatal e inexorablemente, al cadáver de su hijo.

Ni un reproche que hacerse, es lamentable. Sólo la realidad fría, terrible y consumada: ha muerto su hijo al cruzar un...

¡Pero dónde, en qué parte! ¡Hay tantos alambrados allí, y es tan, tan sucio el monte...! ¡Oh, muy sucio...! Por poco que no se tenga cuidado al cruzar los hilos con la escopeta en la mano...

El padre sofoca un grito. Ha visto en el aire... ¡Oh, no es su hijo, no...! Y vuelve a otro lado, y a otro y a otro...

Nada se ganaría con ver el color de su tez y la angustia de sus ojos. Ese hombre aún no ha llamado a su hijo. Aunque su corazón clama por él a gritos, su boca continúa muda. Sabe bien que el solo acto de pronunciar su nombre, de llamarlo en voz alta, será la confesión de su muerte.

—¡Chiquito! —se le escapa de pronto. Y si la voz de un hombre de carácter es capaz de llorar, tapémonos de misericordia los oídos ante la angustia que clama en aquella voz.

Nadie ni nada ha respondido. Por las picadas rojas de sol, envejecido en diez años, va el padre buscando a su hijo que acaba de morir.

—¡Hijito mío...! ¡Chiquito mío...! —clama en un diminutivo que se alza del fondo de sus entrañas.

Ya antes, en plena dicha y paz, ese padre ha sufrido la alucinación de su hijo rodando con la frente abierta por una bala al cromo níquel. Ahora, en cada rincón sombrío del bosque ve centelleos de alambre; y al pie de un poste, con la escopeta descargada al lado, ve a su...

—¡Chiquito...! ¡Mi hijo...!

Las fuerzas que permiten entregar un pobre padre alucinado a la más atroz pesadilla tienen también un límite. Y el nuestro siente que las suyas se le escapan cuando ve bruscamente desembocar de un pique lateral a su hijo.

A un chico de trece años bástale ver desde cincuenta metros la expresión de su padre sin machete dentro del monte para apresurar el paso con los ojos húmedos.

—Chiquito... —murmura el hombre. Y, exhausto, se deja caer sentado en la arena albeante, rodeando con los brazos las piernas de su hijo.

La criatura, así ceñida, queda de pie; y como comprende el dolor de su padre, le acaricia despacio la cabeza:

—Pobre papá…

En fin, el tiempo ha pasado. Ya van a ser las tres. Juntos, ahora, padre e hijo emprenden el regreso a la casa.

—¿Cómo no te fijaste en el sol para saber la hora…? —murmura aún el primero.

—Me fijé, papá… Pero cuando iba a volver vi las garzas de Juan y las seguí…

—¡Lo que me has hecho pasar, chiquito!

—Piapiá… —murmuró también el chico

Después de un largo silencio:

—Y las garzas, ¿las mataste? —pregunta el padre

—No.

Nimio detalle, después de todo. Bajo el cielo y el aire candentes, a la descubierta por el abra de espartillo, el hombre vuelve a casa con su hijo, sobre cuyos hombros, casi del alto de los suyos, lleva pasado su feliz brazo de padre. Regresa empapado de sudor y, aunque quebrantado de cuerpo y alma, sonríe de felicidad.

Sonríe de alucinada felicidad… Pues ese padre va solo A nadie ha encontrado, y su brazo se apoya en el vacío. Porque tras él, al pie de un poste y con las piernas en alto, enredadas en el alambre de púa, su hijo bien amado yace al sol, muerto desde las diez de la mañana.

(1928)

Las moscas.
Réplica de "El hombre muerto"

Al rozar el monte, los hombres tumbaron el año anterior este árbol, cuyo tronco yace en toda su extensión aplastado contra el suelo. Mientras sus compañeros han perdido gran parte de la corteza en el incendio del rozado, aquel conserva la suya casi intacta. Apenas si a todo lo largo una franja carbonizada habla muy claro de la acción del fuego. Esto era el invierno pasado. Han transcurrido cuatro meses. En medio del rozado perdido por la sequía, el árbol tronchado yace siempre en un páramo de cenizas. Sentado contra el tronco, el dorso apoyado en él, me hallo también inmóvil. En algún punto de la espalda tengo la columna vertebral rota. He caído allí mismo, después de tropezar sin suerte contra un raigón. Tal como he caído, permanezco sentado —quebrado, mejor dicho— contra el árbol.

Desde hace un instante siento un zumbido fijo —el zumbido de la lesión medular— que lo inunda todo, y en el que mi aliento parece defluirse. No puedo ya mover las manos, y apenas si uno que otro dedo alcanza a remover la ceniza.

Clarísima y capital, adquiero desde este instante mismo la certidumbre de que, a ras del suelo, mi vida está aguardando la instantaneidad de unos segundos para extinguirse de una vez.

Esta es la verdad. Como ella, jamás se ha presentado a mi mente una más rotunda. Todas las otras flotan, danzan en una como reverberación lejanísima de otro yo, en un pasado que tampoco me pertenece. La única percepción de mi existir, pero flagrante como un gran golpe asestado en silencio, es que de aquí a un instante voy a morir.

¿Pero cuándo? ¿Qué segundo y qué instantes son estos en que esta exasperada conciencia de vivir todavía dejará paso a un sosegado cadáver?

Nadie se acerca a este rozado; ningún pique de monte lleva hasta él desde propiedad alguna. Para el hombre allí sentado, como para el tronco que lo sostiene, las lluvias se sucederán mojando corteza y ropa, y los soles secarán líquenes y cabellos, hasta que el monte rebrote y unifique árboles y potasa, huesos y cuero de calzado.

¡Y nada, nada en la serenidad del ambiente que denuncie y grite tal acontecimiento! Antes bien, a través de los troncos y negros gajos del rozado, desde aquí o allá, sea cual fuere el punto de observación, cualquiera puede contemplar con perfecta nitidez al hombre cuya vida está a punto de detenerse sobre la ceniza, atraída como un péndulo por ingente gravedad: tan pequeño es el lugar que ocupa en el rozado y tan clara su situación: se muere.

Esta es la verdad. Mas para la oscura animalidad resistente, para el latir y el alentar amenazados de muerte, ¿qué vale ella ante la bárbara inquietud del instante preciso en que este resistir de la vida y esta tremenda tortura psicológica estallarán como un cohete, dejando por todo residuo un ex hombre con el rostro fijo para siempre adelante?

El zumbido aumenta cada vez más. Ciérnese ahora sobre mis ojos un velo de densa tiniebla en que se destacan rombos verdes. Y enseguida veo la puerta amurallada de un zoco marroquí, por una de cuyas hojas sale a escape una tropilla de potros blancos, mientras por la otra entra corriendo una teoría de hombres decapitados.

Quiero cerrar los ojos y no lo consigo ya. Veo ahora un cuartito de hospital, donde cuatro médicos amigos se empeñan en convencerme de que no voy a morir. Yo los observo en silencio, y ellos se echan a reír, pues siguen mi pensamiento.

—Entonces —dice uno de aquellos— no le queda más prueba de convicción que la jaulita de moscas. Yo tengo una.

—¿Moscas?...

—Sí —responde—; moscas verdes de rastreo. Usted no ignora que las moscas verdes olfatean la descomposición de la carne mucho antes de producirse la defunción del sujeto. Vivo aún el paciente, ellas acuden, seguras de su presa. Vuelan sobre ella sin prisa, mas sin perderla de vista, pues ya han olido su muerte. Es él el medio más eficaz de pronóstico que se conozca. Por eso yo tengo algunas de olfato afinadísimo por la selección, que alquilo a precio módico. Donde ellas entran, presa segura. Puedo colocarlas en el corredor cuando usted quede solo, y abrir la puerta de la jaulita que, dicho sea de paso, es un pequeño ataúd. A usted no le queda más tarea que atisbar por el ojo de la cerradura. Si una mosca entra y la oye usted zumbar, esté seguro de que las otras hallarán también el camino hasta usted. Las alquilo a precio módico.

¿Hospital?... Súbitamente el cuartito blanqueado, el botiquín, los médicos y su risa se desvanecen en un zumbido...

Y bruscamente, también, se hace en mí la revelación: ¡las moscas!

Son ellas las que zumban. Desde que he caído han acudido sin demora. Amodorradas en el monte por el hábito de fuego, las moscas han tenido, no sé cómo, conocimiento de una presa segura en la vecindad.

Han olido ya la próxima descomposición del hombre sentado, por caracteres inapreciables para nosotros —tal vez en la exhalación a través de la carne de la médula espinal cortada—. Han acudido sin demora y revolotean sin prisa, midiendo con los ojos las proporciones del nido que la suerte acaba de deparar a sus huevos.

El médico tenía razón. No puede su oficio ser más lucrativo.

Mas he aquí que esta ansia desesperada de resistir se aplaca y cede el paso a una beata imponderabilidad. No me siento ya un punto fijo en la tierra, arraigado a ella por gravísima tortura. Siento que fluye de mí, como la vida misma, la ligereza del vaho ambiente, la luz del sol, la fecundidad de la hora. Libre del espacio y el tiempo, puedo ir aquí, allá, a este árbol, a aquella liana. Puedo ver, lejanísimo ya, como un recuerdo de remoto existir, puedo todavía ver, al pie de un tronco, un muñeco de ojos sin parpadeo, un espantapájaros de mirar vidrioso y piernas rígidas. Del seno de esta expansión, que el sol dilata desmenuzando mi conciencia en un billón de partículas, puedo alzarme y volar, volar...

Y vuelo, y me poso con mis compañeras sobre el tronco caído, a los rayos del sol que prestan su fuego a nuestra obra de renovación vital.

(1933)

Estudio de
*El almohadón
de plumas y otros
cuentos*

Análisis de la obra

El perfecto cuentista

> *Luché porque el cuento tuviera una sola línea,*
> *trazada por una mano sin temblor desde el principio al fin.*
> *Ningún obstáculo, ningún adorno o digresión, debía acudir a aflojar la*
> *tensión de su hilo. El cuento era, para el fin que le es intrínseco, una*
> *flecha que, cuidadosamente apuntada, parte del arco*
> *para ir a dar directamente en el blanco. Cuantas mariposas*
> *trataran de posarse sobre ella para adornar su vuelo*
> *no conseguirán sino entorpecerlo[1].*

Los textos de Horacio Quiroga marcan el origen del cuento moderno en el escenario literario rioplatense de principios del siglo XX.

En ellos siempre se esconde un relato secreto que se revela sorpresivamente, con un lenguaje preciso, sin demasiada ornamentación ni adjetivos inútiles, sin digresiones que distraigan al lector ni emociones que perturben la percepción. Estas características no sólo constituyeron su práctica cuentística sino que fueron enunciadas en diversos artículos donde Quiroga teorizó acerca del cuento y sus principios estéticos[2].

Al comienzo de su obra, tuvo influencias del modernismo y de algunos románticos. Luego, combinó elemen-

---

1 Quiroga, Horacio. "Ante el tribunal", revista *El Hogar*, N° 1091, 11 de septiembre de 1930.

2 Me refiero a textos como "Manual del perfecto cuentista" (1925), "Decálogo del perfecto cuentista" (1927), "La retórica del cuento" (1928), "La crisis del cuento nacional" (1928), "Ante el tribunal" (1930), entre otros.

tos del naturalismo y del género fantástico. Además, supo trabajar con una literatura realista superando las limitaciones del regionalismo y el costumbrismo. Sus maestros fueron Poe, Maupassant, Kipling y Chéjov.

Con respecto al lenguaje, manifestó que no era necesario reproducir el léxico de los habitantes de un lugar, por más pintoresco que fuera, sino que para darle verosimilitud era suficiente con algunos giros y vocablos y, especialmente, con una sintaxis bien trabajada.

Los principios fundamentales para la construcción del cuento debían ser, entonces, la brevedad, la intensidad, la energía de la expresión y la economía de recursos. La postulación de estas cualidades marcó una verdadera revolución dentro de la concepción del cuento moderno y convirtió a Horacio Quiroga en un maestro y un precursor, aunque ciertamente incomprendido por sus contemporáneos.

La muerte y el horror

La primera etapa en la historia literaria de Quiroga incluye *Los arrecifes de coral* (versos, 1901), *El crimen del otro* (cuentos, 1904), *Los perseguidos* (relato, 1908) e *Historia de un amor turbio* (novela, 1908). En este período es evidente la influencia de su admirado escritor Edgar Allan Poe. En "El crimen del otro" menciona incluso la obsesión de los personajes de la historia por los libros de este autor:

> *Poe era en aquella época el único autor que yo leía. Ese maldito loco había llegado a dominarme por completo; no había sobre la mesa un solo libro que no fuera de él. Toda mi cabeza estaba llena de Poe.*[3]

En "El triple robo de Bellamore" también se observa la cercanía al Poe de los cuentos policiales en su interés por el descubrimiento de un robo y el razonamiento a partir de las pistas dadas por un denunciante, que muestran la arbitrariedad con que se maneja la justicia a la hora de la condena.

En estos textos, se reiteran otros elementos frecuentes en Poe, como los casos anormales, el horror y la muerte, además de las historias amorosas conflictivas entre hombres maduros y mujeres jóvenes.

"Para noche de insomnio" luego de un epígrafe de Baudelaire sobre Poe, narra el espanto que provoca la imagen de un hombre muerto en la vida de sus amigos, presencia que llevará a la muerte a todos los demás:

> *Los que han velado a una persona y de repente se han dado cuenta de que están solos con el cadáver, excitados, como estábamos nosotros [...], comprenderán la impresión nuestra, ya sugestionados por el miedo, y con terribles dudas a veces sobre la horrible muerte del amigo.*[4]

---

3 Quiroga, Horacio. *El crimen del otro*, Montevideo, Claudio García Ed., 1942, pp. 11-12.

4 Quiroga, Horacio. "Para noche de insomnio", 1899, p. 14.

El paisaje misionero

El siguiente período es tal vez el más valioso y corresponde a los "cuentos misioneros". En ellos aparece el ambiente de la selva, sus personajes prototípicos, los animales, las costumbres, sin caer en las obviedades del "color local" sino la realidad vista desde los ojos de quien ha experimentado esas vivencias.

Siguen presentes la muerte, la anormalidad y la locura, aunque no lo hacen de manera tan macabra desde el comienzo de los textos, sino con una estrategia más sutil que lleva al horror y la sorpresa al llegar al final.

En *Cuentos de amor de locura y de muerte* (1917) hay varios ejemplos de relatos misioneros y de horror. En "La gallina degollada", cuatro niños idiotas matan a su hermana menor, estimulados por la visión de la sangre de la gallina y la obsesión alucinada por el color rojo. La enfermedad, la herencia, la inevitabilidad de la muerte, lo animal, se manifiestan también en "El almohadón de plumas", donde una mujer es desangrada lentamente por un insecto que se alimenta de ella hasta quitarle la vida, en una relación teñida de vampirismo. "A la deriva" muestra la muerte que sobreviene a un hombre luego de ser mordido por una víbora, en el entorno de un paisaje abrumador y con una naturaleza hostil. "El alambre de púa" y "La insolación" son dos cuentos donde los animales —caballos, perros— participan de la experiencia de la muerte de otros —el toro *Barigüí*, míster Jones— como testigos de lo sobrenatural y de un destino inevitable.

Otro de los libros de esta etapa es *Cuentos de la selva* (1918), que se ha convertido en un clásico de la literatura escrita para niños. Allí se observa un mundo de animales con sus propias reglas de convivencia y sus valores. Se revaloriza la cooperación, la solidaridad, el amor por los demás, el trabajo y la lucha por la supervivencia. El paisaje misionero es nuevamente el escenario de las historias.

El siguiente es *El salvaje* (1920). Luego, *Las sacrificadas* (1920), adaptación teatral del cuento "Una estación de amor".

La colección de cuentos titulada *Anaconda* (1921) continúa con las historias ocurridas en Misiones. "En la noche" es la lucha para no morir por causa de las inclemencias del tiempo y la fuerza del río. Quien debe oponerse a la violencia de la naturaleza es una mujer, que finalmente triunfa y salva a su hombre moribundo que había sido picado por una raya. "El yaciyateré" vuelve sobre el tema de la enfermedad mental y las supersticiones campesinas que la atribuyen a algo mágico e inevitable manifestado por el grito de un animal que presagia la muerte.

Luego de unos años aparece *El desierto* (1924), que mezcla cuentos de diversos tipos. El que da título al libro manifiesta el delirio de un hombre moribundo que teme dejar a sus hijos pequeños pero que nada puede hacer frente a la inevitable soledad que provoca la muerte. Otra vez los peligros de la naturaleza desencadenan abruptamente el final de una vida. Las imágenes mezclan el plano de los hechos ocurridos con la alucinación del padre y el golpe se da al final, sorpresivamente.

El último libro de este período es *Los desterrados* (1926) y está dedicado en su totalidad a las experiencias en el monte, especialmente a poder ver la vida dura de los hombres en ese ámbito. Cuentos como "El hombre muerto", "Tacuara-Mansión" y "La cámara oscura" combinan el horror y la ternura, denuncian las condiciones de vida de algunos sectores e incorporan una dosis de fino humor.

El desterrado de la sociedad

Durante los últimos años de su vida, su producción es muy escasa. Escribe algunos libros que fracasan, como la novela *Pasado amor* (1929), o recopila textos anteriores, como *Más allá* (1935). Aquí hay ironías hacia la práctica literaria —"La bella y la bestia"—, críticas al mundo civilizado —"La señorita leona"—, diálogo con un cuento anterior desde otro punto de vista, —"Las moscas. Réplica de 'El hombre muerto'"—. Y, sin duda, uno de los mejores textos de su obra es "El hijo", otro cuento de ambiente misionero, dramático, donde se manifiesta el dolor y el amor de un padre frente a la muerte de su hijo.

Los intereses de Horacio ya no eran literarios; se quedó solo en la selva, dedicado a otras tareas, y el único contacto con la escritura fue su frondosa correspondencia con algunos amigos. Hasta que la enfermedad lo obligó a regresar a la ciudad, lugar donde halló la muerte, esa sombra anunciada durante toda su existencia.

Biografía del autor

Horacio Quiroga nació en Salto, Uruguay, el 31 de diciembre de 1878. Era el cuarto hijo de Juana Petrona Forteza, a quien llamaban Pastora, y de Prudencio Quiroga, vicecónsul argentino en Uruguay, que murió dos meses después del nacimiento del niño al dispararse accidentalmente con una escopeta. Su madre se volvió a casar con un hombre que se transformó en una figura querida para sus hijos, pero a los pocos años tuvo un accidente que lo dejó inválido, situación que no pudo superar y lo llevó al suicidio.

Desde su adolescencia, Quiroga comenzó a interesarse por la literatura. En 1898, se enamoró de una joven y, en los viajes que realizaba a Buenos Aires para verla, visitó al poeta que más admiraba, Leopoldo Lugones, con quien comenzó una amistad.

En 1899 fundó la *Revista de Salto* y en 1900 partió rumbo a París, viaje iniciático para los jóvenes intelectuales de la época. Durante la travesía, escribió *Diario de viaje* y algunas notas.

Ya de regreso, en Montevideo, se juntó con otros escritores amigos con quienes formó un grupo llamado el Consistorio del Gay Saber, donde leían a los poetas malditos, experimentaban con drogas y escribían versos.

En 1901 publicó su primer libro, con influencia modernista, *Los arrecifes de coral*, pero no obtuvo buena crítica.

Ese año fallecieron dos de sus hermanos. En 1902, al examinar el arma de Federico Ferrando, uno de los integrantes del Consistorio, a Quiroga se le escapó un tiro que produjo la muerte de su amigo. Luego de un interrogatorio y unos días de cárcel, se fue a Buenos Aires a vivir a la casa de su hermana María. En esa ciudad consiguió un puesto de profesor y adoptó la ciudadanía argentina.

Realizó junto a Leopoldo Lugones un viaje de estudios a las ruinas jesuíticas de San Ignacio, Misiones, en el que se desempeñó como fotógrafo. Allí descubrió el paisaje y se interesó por la selva.

En 1904 apareció *El crimen del otro*, con clara influencia de sus lecturas de Edgar Allan Poe. Luego se instaló como colono en el Chaco y fracasó en sus intentos por cosechar algodón. Regresó en 1905 a Buenos Aires, donde colaboró en *Caras y Caretas*.

En 1908 publicó las novelas *Los perseguidos e Historia de un amor turbio*, y siguió dictando sus clases de literatura.

Compró unas tierras en Misiones, adonde fue de vacaciones y construyó su casa. Se había enamorado de una alumna, Ana María Cirés, y, pese a la resistencia de los padres de la joven, se casaron en 1909 y se instalaron en San Ignacio. Tuvieron una relación muy conflictiva.

El gobernador de Misiones lo nombró juez de paz y oficial del Registro Civil de San Ignacio. En 1911 nació Eglé, su primera hija, en la casa construida en medio de la meseta inhóspita, y en 1912, su hijo Darío, en Buenos Aires. Durante estos años continuó su producción literaria con algunas colaboraciones en *Fray Mocho*. Para solventar sus necesidades básicas escribió también unos folletines para *Caras y Caretas*.

En 1915, aparentemente después de una fuerte discusión, su esposa Ana María se suicidó y, al poco tiempo, él se trasladó con sus hijos a Buenos Aires. La situación económica era muy difícil para Horacio, y sus amigos le consiguieron un nombramiento como secretario-contador del Consulado de Uruguay en 1917. Ese año publicó una recopilación de cuentos: *Cuentos de amor de locura y de muerte*, reconocido unánimemente por la crítica. En vacaciones regresaba siempre a San Ignacio.

Publicó cuentos en diferentes medios, como *La Novela Semanal*, *Plus Ultra*, *El Hogar* y *La Nación*. En 1918 apareció *Cuentos de la selva*, un clásico dentro de la literatura para niños.

En 1919, cuando su amigo Baltasar Brum asumió la presidencia de Uruguay, obtuvo un ascenso en el Consulado.

En 1920 se publicó *El salvaje* y *Las sacrificadas*; en 1921, *Anaconda*; y en 1924, *El desierto*. En esos años aparecieron algunos cuentos en *La Nación* y *Atlántida*. En *Caras y Caretas* escribía una sección titulada "Los estrenos cinematográficos".

Por esa época se formó un grupo llamado Anaconda, presidido por Quiroga, que organizaba tertulias y comidas literarias. Lo integraban, entre otros, Emilio Centurión, Alfonsina Storni —gran amiga de Horacio—, Emilia Bertolé y Arturo Capdevila.

Durante 1925 escribió en *Caras y Caretas* una serie de artículos llamados "De la vida de nuestros animales" y publicó una recopilación de cuentos llamada *La gallina degollada y otros cuentos*.

En 1926, se instaló en Buenos Aires, en una casaquinta de Vicente López. Ese año apareció su libro *Los desterrados*, considerado por la crítica como el más homogéneo.

En *Caras y Caretas* publicó durante 1927 una serie de biografías ejemplares y, en *El Hogar*, numerosos artículos sobre cine. Se había casado recientemente con María Elena Bravo, una joven amiga de su hija Eglé, con la cual tuvo otra niña, Pitoca, en 1928.

Fue un gran defensor de los derechos de los escritores, uno de los primeros que habló de profesionalización de la actividad literaria y luchó por una retribución justa.

En 1929 apareció su novela *Pasado amor*, sin demasiado éxito. Durante esa época Quiroga comenzó a sentir la indiferencia que las jóvenes generaciones literarias sentían hacia él. Además, tenía problemas matrimoniales y sufría inestabilidad económica por sus diferencias con el Consulado.

En 1931 escribió con Leonardo Glusberg un libro de lectura para niños llamado *Suelo natal.*

Entonces decidió volver a Misiones con toda la familia, pero las discusiones con su mujer se agudizaban. Escribía poco y se interesaba por la floricultura. A raíz de un golpe militar en Uruguay se quedó sin el cargo político y su situación económica empeoró.

En 1935 publicó *Más allá,* una recopilación de cuentos anteriores a 1930. Algunos amigos lograron que el Ministerio de Relaciones Exteriores de Uruguay lo designara cónsul honorario para que pudiera percibir un sueldo mensual.

Su mujer y su hija pequeña regresaron a Buenos Aires y él se quedó solo en Misiones. Pero, finalmente, sus problemas de salud lo obligaron a volver para internarse en el Hospital de Clínicas y someterse a una operación. Estuvo unos meses allí pero su estado empeoró cuando los médicos le anunciaron que padecía de cáncer gástrico. La muerte comenzaba a rondar en sus pensamientos.

En la madrugada del 19 de febrero de 1937, bebió un vaso de cianuro y así murió en la pobreza y la soledad.

Índice

Aquí acaba este libro
escrito, ilustrado, diseñado, editado, impreso
por personas que aman los libros.
Aquí acaba este libro que tú has leído,
el libro que ya eres.